AF282375

1. Auflage 2024

Satz und Herausgabe:
Carma Conrad

Herstellung und Verlag: BoD – Books on
Demand, Norderstedt

ISBN: 9783759714275

Carma Conrad

# Oma Thiel

## Die Alten sind nicht aufzuhalten

Buch 2

Prolog

Oma Thiel will an sich arbeiten.
Sportstudio, Botox, vielleicht sogar eine
Schönheitsoperation?
Hauptsache Werner kommt mal in die
Gänge,
mit seinem Heiratsantrag.
Während Oma Thiel denkt,
dass es an ihr liegt,
versucht Werner zu planen.
Else und Heinz hingegen schmieden
Pläne,
was ihre Löffelliste angeht.
Ein reines Desaster, sage ich euch!

Kleine Anmerkung:
Jedes Buch kann einzeln gelesen
werden.
Um aber die Charaktere besser
kennenzulernen, wird empfohlen mit
Buch eins anzufangen.
Es wird immer auf das vorherige Buch
aufgebaut. Vielen Dank.

# *O*ma Thiel

## *D*ie Alten sind nicht aufzuhalten

Ich stand an der Kaimauer am
Hamburger Hafen und wartete auf die
Ankunft der Aida. Elfriede und Werner
kommen heute zurück.

Ich weiß noch nicht mal, ob Werner seiner Elfriede einen Antrag gemacht hat, oder ob er wegen Mordes im Gefängnis gelandet ist.

Oma Thiel hatte keine Möglichkeit mehr, mich anzurufen.

Das Schiff lief mit viel Getöse im Hafen ein. Da sah ich Oma Thiel schon kommen. *‚Allein? Oh nein,* dachte ich, *dann haben Sie Werner dabehalten.‘*

Dann sah ich Werner, der sich mit zwei Koffern abschleppte. Er war drei Pärchen hinter seiner Elfriede. Oma Thiels Gesicht sprach Bände.

Ich rief: „Oma Thiel, ich bin hier!" Ihr Gesicht hellte sich auf, als sie mich sah. Wir lagen uns in den Armen und freuten uns. Werner hantierte immer noch mit den Koffern und hielt wohl nach einem Träger Ausschau.

Ich hatte natürlich ein Gläschen Sekt zum Empfang. Oma Thiel meinte: „Endlich wieder Sekt, statt Champagner. Den Sekt kann ich besser vertragen."

„Wollen wir nicht mit dem Anstoßen warten, bis Werner auch hier ist?", fragte ich höflich nach.

„Auf gar keinen Fall, Prost, Liebelein."
„Prösterchen!"
Sie goss den Sekt fast auf einmal
herunter.
„Was ist los? Ich sehe keinen Ring an
deinem Finger. Hat er dir keinen Antrag
gemacht?"
„Nein, hat er nicht und ich weiß noch
nicht einmal warum. Ich habe mich
seinetwegen in Lebensgefahr gebracht.
Er bereitete alles vor mit allem Pi Pa Po
und er denkt nicht mal daran mir einen
Antrag zu machen!", schnaufte Oma
Thiel.
Ich konnte gar nicht antworten, da kam
Werner nassgeschwitzt auf mich zu.
„Hallo Conny, schön dass du uns
abholst, kannst du mir mal helfen? Zwei
Koffer sind ein bisschen unhandlich.
Elfriede hat sich am Rücken verletzt,
deshalb konnte sie ihren Koffer nicht
allein ziehen."
Ich schaute Oma Thiel an, sie zog nur
eine Augenbraue hoch und drehte den
Kopf weg.
Dann trank Werner auch einen Schluck
Sekt und wir verfrachteten die Koffer in
meinem Auto und fuhren los.

Elfriede meinte: „Wir fahren erst Werner ins Heim, dann zu mir."
Sie sagte extra Heim und nicht *‚Glückseligkeit'*.
Ich wusste genau warum. Oma Thiel wollte mit mir allein reden.
Wer sind wir?

*Oma Thiel heißt Elfriede (76)*
*Werner Spinner, ihr neuer*
*Lebensgefährte (77)*
*Heinz, der Untermieter (79)*
*Else, die Mitbewohnerin (80)*
*Conny bin ich (67) die gute Seele der*
*älteren Herrschaften.*

Als wir Werner abgesetzt hatten, fing Oma Thiel an zu weinen.
„Erzähle mal alles, was ihr auf der Aida erlebt habt, auch den Mord," sagte ich.
Wir fuhren noch nicht nach Hause, sondern in unser Café, in dem wir immer Probleme besprachen. Da gibt es auch unseren Sekt, denn zu Hause warten Heinz und Else.
Heinz wollte sie das nicht so ausführlich schildern.

Oma Thiel erzählte mir alles, wirklich alles. Ich hörte ihr aufmerksam zu. Dann meinte ich: „Ich glaube schon, dass er dir einen Heiratsantrag machen wollte, aber vielleicht war er zu angespannt. Wenn du wegen Mordes verdächtigt wirst, ist das schon eine Nummer zu groß für Werner. Er ist immerhin schon 77 Jahre."

„Papperlapapp," sagte Oma Thiel, „er hatte doch alles schon organisiert.
Den gedeckten Tisch, dass fünf Gänge Menü, Champagner, den Sonnenuntergang.
Er machte mir sogar eine Liebeserklärung. Dazu nahm er meine Hand. Dann wühlte er in seiner Jackentasche, nur um sich ein Taschentuch rauszunehmen und da reinzuschnäuzen!
Ich denke, Werner hat im letzten Moment kalte Füße bekommen."

„Meinst du, ich dachte er liebt dich?", sagte ich ganz leise.

„Das dachte ich auch, aber nicht mit mir. Ich werde nicht aufgeben. Du kennst das Schlachtwort:

*Wenn du einen Platten hast, stichst du dir ja nicht die anderen drei Reifen kaputt, gell?"* Ich lachte, weil genau dieser Spruch von mir war, als sie um Werner gekämpft hatte. Schön, dass sie sich den gemerkt hat.

„Was hast du vor?", fragte ich nach.

„Na, wir melden uns erst einmal in der ,*Ficknisschuhe'* an!"

Sie verschluckte sich beim Sekt schlürfen. Wir lachten beide Tränen, weil sie natürlich Fitnessschule meinte. Aber die Schuhe hätte ich auch gern.

Gott, war das schön, das Oma Thiel wieder da war.

Ich hatte sie so vermisst.

Wir machten uns einen Plan und lachten noch so viel. Dann fuhr ich sie nach Hause.

\*

Heinz kam in die Küche und fragte Else: „Was gibt es zu essen?"

„Elfriede und Werner kommen gleich, wir begrüßen sie mit einem Snack und Champagner."

„Einem Snack?", fragte Heinz nach.

„Ist, dass was zu essen?"

„Ja natürlich, eine kalte Platte."

„Kannst du die nicht warm machen?"

„Heinz, nun reiß dich mal zusammen. Da, ich höre Autotüren, da sind sie." Sie schauten aus dem Küchenfester. *,Wo war Werner?*

*,Hoffentlich nicht im Gefängnis,'* dachte Else.

Ein herzliches HALLO und ganz viele Quickies (Umarmungen) wurden verteilt. Ich war froh, dass ich etwas zu essen bekam, denn nur Kaffee und Kuchen ist auch nichts für mich. Heinz meinte: „Es gibt kalte Platte, hat Else extra in den Kühlschrank gestellt, damit sie auch kalt ist." Alle lachten wieder.

*,Es ist unvorstellbar schön, wenn man so gute Freunde hat und so viel lachen kann,* dachte Oma Thiel. *Wie habe ich sie vermisst.'*

# Sport ist etwas Besonderes

Oma Thiel hatte alle überredet, sich mit im Sportstudio anzumelden.

Das heißt:
Oma Thiel
Heinz
Else
und ich, Conny.

Wir hatten einen Eid geschworen, dass nichts zu Werner durchdringt, auch nicht von Heinz.
Der dachte nämlich,
 *,dann mache ich endlich was mit Else zusammen.'*
Else dachte,
*,da laufen bestimmt sportliche Männer rum, die nur auf mich warten.'*
Oma Thiel dachte,
*wenn ich eine Modelfigur habe, wird Werner mir auch einen Heiratsantrag machen.'*
und ich dachte,

*‚Mir tut es bestimmt gut, wenn ich zwei, drei Kilo weniger hätte und ich muss unbedingt auf die Herrschaften beim Sport aufpassen, damit sie nicht übertreiben.'*
Der erste Termin für das Sportstudio, um eine Probestunde zu machen, war ein Montag. Wir wollten dreimal die Woche zum Training.
Montag, Mittwoch und Freitag für 90 Minuten.

Werner hatte seine Sachen von der Urlaubsreise ausgepackt, gewaschen und in den Schrank gelegt.
Als Werner die Schublade öffnete, um seine Socken reinzulegen, lag dort der Ring. Den wollte er Elfriede anstecken, um ihr einen Heiratsantrag zu machen.
Er hatte ihn extra in die Schublade mit den Socken gelegt, damit Elfriede ihn nicht sieht, wenn sie bei ihm war.
Es war schon schwer genug, mit einem Trick rauszubekommen, welche Ringgröße sie hatte.

Dabei hatte ihm Heinz geholfen. Er entfernte den Ring einer Bierdose und sagte zu Elfriede und Else:

„Schaut doch mal, so ein Ring würde mir gar nicht stehen." Der Bierdosenring ging halb über seinen kleinen Finger an der rechten Hand. Daraufhin zog Else den Ring über den Finger und meinte: „Mir passt der Ring." Auch Elfriede machte das Gleiche. Ihr passte der Ring ebenfalls.

Deshalb nahm Heinz eine neue Bierdose und meinte zu Werner:

„Wenn du die Dose leer hast, nimm diesen Bierdosenring und geh zum Juwelier. Das ist die passende Größe für unsere Frauen."

Werner ließ daraufhin einen Ring mit einem Diamanten für seine Elfriede anfertigen.

Nun lag er immer noch in der Schublade, statt an ihrer Hand, wo er hingehört.

*‚Ich muss mir sofort etwas einfallen lassen, wie ich ihr den Antrag noch machen kann,'* dachte Werner. Dann läutete das Telefon.

Er legte den Ring zurück zu den Socken und ging ans Telefon. Seine Tochter Kathi war dran.

„Hallo Papa, wie geht es dir, wie war deine Aida Reise?", fragte sie freundlich.

„Ach Kind, wenn ich dir das alles erzähle, was mir passiert ist, glaubst du das nicht."

„Was ist denn, wenn ich mit Nico komme, wir essen schön zu Mittag und du erzählst mir alles?"

„Ja, aber in der Glückseligkeit wird gerade umgebaut, da staubt es ein bisschen."

„Mensch Papa, wir essen ja draußen im Garten und Nico ist doch auch schon groß. Für ihn ist es bestimmt interessant, mal zuzugucken, was die Arbeiter machen. Du weißt ja, wie er ist. Vielleicht hast du einen Bauhelm, dann freut er sich."

„Ok, Kathi, dann bis um 13:00 Uhr. Tschüss."

„Ja Papa, freue mich. Tschüss, bis nachher."

Werner freute sich, seine Tochter mit ihrem Sohn mal wieder zu sehen. ‚Der Kleine ist auch schon zehn.

*Wie die Zeit vergeht.'*

*Vor vier Jahren hatte Kathis Mann
Walter eine Affäre mit einer Jüngeren.
Er wollte seine Ehe noch retten, aber
Kathi hatte einen Schlussstrich gezogen.
Schließlich war sie selbst noch jung. Na
ja, sie ist auch schon 38 Jahre. Sie hatte
nach der Scheidung den Familiennamen
Neumann von ihrem Mann behalten.
Was ein Seitensprung so alles ausmacht.
Kathi hatte ihr Studium, dass 12
Semester dauerte, trotzdem gnadenlos
durchgezogen.
Nico war zu der Zeit oft bei uns, als
meine Frau noch da war.
Als sie damals nach Afrika verschwand,
weil sie sich dort verliebte, hatte Kathi
eine Kinderfrau engagiert, damit Nico
nicht so allein war. Jetzt arbeitete sie als
Ärztin im Krankenhaus.
Sie ist eine Karrierefrau und keine
Hausfrau, das war klar. Trotzdem hatte
sie ein Kind, um das sie sich mehr
kümmern sollte.
Einen neuen Mann an ihrer Seite gibt es
auch nicht,*

*da sie keine Zeit dafür hat. Sie tut mir schon ein bisschen leid,'* dachte Werner. Dann ging er zu Ole und fragte nach einem kleinen Bauhelm für Nils. Gab es aber nicht, schade.

*

Else hatte sich extra hübsch gemacht. Sie trug rosa Leggins, darüber Stulpen, in der gleichen Farbe. Sie weiß ja, was modern ist.
Sie hatte weiße Turnschuhe an. Als Oberteil trug sie ein Muskelshirt, natürlich auch in Rosa, darunter einen Sport BH. Ein weißes Stirnband schmückte ihren Kopf, passend dazu ein weißes Schweißband am Handgelenk.
Else war extra shoppen und hatte sich ausgiebig beraten lassen.
Heinz hatte in seinem Schrank gewühlt und fand noch einen Adidas Trainingsanzug. Darunter trug er ein altes T-Shirt, das er wunderbar in die Trainingshose stopfen konnte und uralte Turnschuhe.

Elfriede hatte mit mir zusammen eingekauft. Eine Jogginghose in Schwarz, ein etwas größeres T-Shirt für darüber und weiße Turnschuhe.

Elfriede hatte sich noch ein Trackingarmband gekauft, weil sie sehen will, wieviel sie denn so schafft.

Der Trainer kam auf uns zu und fragte, ob wir im Training sind oder schon etwas länger nichts gemacht haben. Bei mir waren es zwei Jahre, bei Elfriede zehn Jahre, bei Else und Heinz so 30 - 40 Jahre.

Der Trainer meinte nur: „Oha".

Er setzte alle auf ein Fahrrad, damit wir uns warm machen konnten.

Alle, außer Else.

Else fährt nicht gern Fahrrad, nicht einmal E-Bike in der leichtesten Schaltung und bergab. Sie sagt sich einfach, mit 80 brauche ich mich nicht mehr aufs Fahrrad setzten.

Sie wollte sich mal umschauen, was es noch alles so zu sehen gab.

In Wirklichkeit suchte sie vergeblich die jungen Männer. Ein paar ,Alte' waren zu sehen, aber wo waren die Knackigen?

Sie fragte den Trainer, was es in den anderen Etagen gab.

Er zählte auf:

„Im Erdgeschoss gibt es die Ausdauergeräte, wie Fahrrad, Laufband, Crosstrainer, Rudergerät, Stepper."

Else verstand kein Wort, außer Fahrrad.

„Im ersten Stock haben wir die allgemeinen Geräte für Muskelaufbau."

Else meinte, Muskeln bräuchte sie keine.

„Im zweiten Stock haben wir die Kursräume, wo Kurse wie: BBP, Zumba, Tae - Bo, Hip-Hop und TRX angeboten wird. Es soll auch noch im nächsten Monat Yoga und Senior Fit dazukommen."

Else verstand nur Yoga und irgend etwas mit Senioren, aber das war nicht für sie gedacht.

„Im dritten Stock wäre der Hantelbereich, wo die meisten Männer ihre Muskeln stärken."

Ah, dachte Else, das wäre doch was für sie und fragte sogleich:

„Junger Mann, wo haben sie hier den Fahrstuhl, um nach oben zu gelangen?"

Er schaute sie völlig verwirrt an und meinte: „Einen Fahrstuhl haben wir nicht, wir sind hier im Fitnessstudio."
„Ok, danke erst einmal, ich schaue mich mal um," meinte sie sichtlich enttäuscht, dass sie jetzt die Treppen, bis in die dritte Etage steigen musste.
Also nahm sie die Treppen in Angriff.
Heinz fragte: „Wo ist denn Else, die wollte doch nur mal kurz auf die Toilette?"
Elfriede und ich schauten uns an und ahnten, wo sie war. Der Blick von Oma Thiel sagte mir, geh doch mal gucken, du weißt ja, wie sie ist. Also stieg ich ab, nahm mein Handtuch und meine Flasche Wasser vom Fahrrad und schaute überall nach.
Im dritten Stock fand ich sie am Boden liegend und sämtliche Muskelmänner standen fassungslos um sie herum.
So eine alte Frau hatten sie noch nie gesehen.
Else kam mit ihren letzten Kraftreserven auf der dritten Etage an und sah noch einen Muskelmann, der, genau wie sie ein Muskelshirt trug, bevor sie zusammenbrach.

Alle kamen zusammen, um sich Else anzuschauen. Eine Sensation für die Männer, die sonst Hanteln hoben, die mehr wogen als Else.

Ich wuselte mich durch. „Else, was machst du denn hier auf dem Boden?", kam meine berechtigte Frage.

Sie japste: „Ich habe mich völlig verausgabt, erst das Fahrrad, dann die Geräte und jetzt noch die Treppen.

Das ist für eine 48 - jährige einfach zu viel für das erste Mal."

Die Männer nickten zustimmend. Else fand sich gut. So hatte sie die ganze Aufmerksamkeit der Männer für sich.

Ich überlegte: ‚Fahrrad acht Sekunden, Geräte begutachtet fünf Minuten, Treppen gestiegen acht Minuten, Aufmerksamkeit 100 Prozent.'

Einer der Muskelmänner fragte: „Soll ich ihnen hochhelfen?"

Prompt kam: „Sehr gerne, junger Mann."

Er hob sie hoch, wie ein Fliegengewicht.

„Danke," hauchte Else.

Ich hielt ihr die Wasserflasche hin, damit sie trinken konnte.

Die Männer widmeten sich jetzt wieder den *schwerwiegenden* Problemen.
Wir gingen wieder zu den anderen.
Heinz hatte ganze zwei Minuten auf dem Fahrrad ausgehalten und Elfriede, die öfter mit dem Fahrrad unterwegs war, ganze zehn Minuten.
Wir wurden dann an einzelne Geräte geführt. Es hatte richtig Spaß gemacht.
Sogar Else hatte Gefallen daran, zwar alles ohne Gewicht, aber sie hat die Maschinen bedient.
Elfriede unterhielt sich mit dem Trainer, was am effektivsten sei, um abzunehmen. Er meinte, ein Crosstrainer und das täglich wäre schon gut. Er zeigte ihr im zweiten Geschoss die Geräte.
Die sind aber meistens belegt, wie auch jetzt. Alles junge Mädchen. Sie hatten Ohrstöpsel in den Ohren und Handys in der Tasche.
Jede hörte ihre eigene Musik. Es sah alles sehr leicht aus.
*,Aber alle so jung und so schlank. Die bräuchten doch gar nicht abnehmen,'* dachte Oma Thiel.

Heinz legte sich immer mehr Gewicht auf, um Else zu beeindrucken. Aber nur, wenn Else das auch sah. Irgendwie süß. Dann war das Training für heute geschafft.
Wir verließen mit einem guten Gefühl das Fitnessstudio und versprachen am Mittwoch wiederzukommen.

„Hallo Papa!", rief Kathi ihrem Vater zu.
„Hallo ihr zwei, schön euch zu sehen."
„Hallo Opa, darf ich mir die Umbauten mal anschauen?"
„Da kommen wir lieber mit, denn wir haben so einen kleinen Bauhelm leider nicht."
Die zwei Erwachsenen setzten einen Helm auf und nahmen Nico an die Hand.
Da kam ihnen Ole entgegen.
Völlig verstaubt sah er aus.
„Hallo," sagte Ole zuerst zu Nico.
„Da ich keinen Bauarbeiterhelm für dich habe, wollte ich kurz mit dir losfahren und einen kaufen. Mein Motorrad steht draußen, hast du Lust?"
„Wow, ja, ja, Mama darf ich?"

Erst jetzt schaute er auf und nahm die Frau an Werners Seite war.

„Darf ich mich vorstellen? Ich bin Ole. Hier duzen wir uns alle." Er nahm ihre Hand. Kathi war völlig verwirrt, von dem muskulösen gutaussehenden Mann vor ihr, der auch noch Architekt war.

„Guten Tag, ja klar gerne Du, ich bin die Kathi, die Tochter von Werner."

„Werner, du Haudegen, du hast mir gar nicht erzählt, was für eine hübsche Tochter du hast und so einen großartigen Enkel."

Kathi wurde rot. Das erste Mal seit vielen Jahren.

Nico zupfte am Pullover seiner Mutter.

„Mama, was ist denn nun, darf ich mit dem Motorrad fahren, bitte?"

„Ich weiß nicht, ist es nicht zu gefährlich?"

Dann schaltete sich Werner ein.

„Ich glaube, du kannst Ole vertrauen, er ist supervorsichtig, in allem, was er tut."

„OK Nico, aber halte dich gut fest und hör auf Ole und……"

Die beiden waren schon weg, bevor es sich seine Mutter noch anders überlegte.

Werner und Kathi sind dann zum Essen gefahren, damit sie in Ruhe über alles sprechen konnten. Werner erzählte von dem ganzen Ausmaß auf der Aida und dem verpatzten Heiratsantrag.
Kathi erzählte von ihrer Arbeit und wollte natürlich wissen, ob Ole eine Freundin oder Frau hatte. Werner wusste das gar nicht, aber er glaubte nicht.
Kathi grinste.

Elfriede dachte darüber nach, sich doch so einen Crosstrainer zu Hause hinzustellen. Am besten im Schlafzimmer. Dann kann sie heimlich ihre Kondition verbessern und keiner merkt das.
Sie wollte nicht neben den jungen Hühnern auf so einem Gerät laufen.
Also bestellte sie kurzerhand einen Crosstrainer mit Lieferung und Aufbau. Sie erzählte es aber keinem. Dann suchte sie in den ‚gelben Seiten‘ nach einem Arzt, der Botox spritzt.

Sie wollte ein paar Fältchen weniger haben. Vor allem störte sie der ‚Tabakbeutel' um ihren Mund herum sehr.
Auch das brauchte keiner zu wissen. Sie machte beim Arzt einen Termin und auch gleich beim Friseur.
Wäre doch gelacht, wenn Werner so eine großartige Frau nicht will.

Kathi und ihr Vater vergaßen die Zeit.
Als sie wieder zurück im Heim waren, suchten sie Ole.
Sie fanden Ole und Nico mit seinem neuen gelben Bauhelm und einem Hammer in der Hand. Gerade im Begriff, eine Wand einzuschlagen.
Nico hatte eine Schutzbrille auf und seine Knie waren mit Schonern geschützt.
Als er seine Mutter sah, weil sie nach ihm rief, sah man seine roten Bäckchen.
„Mama, Mama, das ist so schön hier.

Ole und ich sind Motorrad gefahren und alle anderen Motorradfahrer haben uns zugewinkt."

„Das heißt gewunken, Nico," korrigierte sie ihren Sohn.

Der aber sprudelte einfach weiter seine Geschichte raus.

„Ole hat mir erzählt, dass alle Motorradfahrer eine große Familie sind. Sie alle haben Aspekt," dokumentierte er weiter. Ole meinte: „Respekt, nicht Aspekt, Nico."

„Schau mal, die Wand haben wir ganz allein eingeschlagen, schau."

Beeindruckend haute Nico noch einmal kräftig in die Wand.

Kathi dachte. *So glücklich habe ich meinen Sohn schon lange nicht mehr gesehen.'*

„Das ist schön, aber wir müssen jetzt auch wieder. Du weißt, dass ich Notdienst habe und ich mich beeilen muss. Andrea kommt auch gleich, um auf dich aufzupassen."

„Och schade, darf ich denn wiederkommen, Ole?", frage Nico mit einem Blick, wie nur er gucken kann.

„Na klar, jederzeit. Die Arbeit musst du noch zu Ende bringen, oder?"
Nico freute sich, dann verabschiedeten sie sich und gingen. Ole fragte Werner noch: „Notdienst?" „Ja, meine Tochter ist Ärztin hier im städtischen Krankenhaus."
Mehr wollte Ole gar nicht wissen.

Der Mittwoch kam schneller als gedacht. Elfriede und ich tranken in der Küche unseren Kaffee zum Frühstück und Else wollte Heinz holen. Er ist sonst immer der erste und meckert, wenn um 09:00 Uhr das Frühstück nicht fertig ist.
Else klopfte, hörte nichts und ging einfach in die Wohnung im Souterrain des Hauses. Heinz saß auf dem Sofa und starrte gegen die Wand.
Else schaute ihn an, dann die Wand, dann wieder Heinz.
An der Wand war nichts zu sehen.
„Heinz, komm frühstücken und dann zum Sport."

Heinz sagte, ohne seinen Blick von der weißen Wand abzuwenden:
„Ich bleibe hier sitzen, ich gehe nirgendwo hin."
„Aber Heinz, du kannst doch nicht ewig hier sitzen bleiben," fragte Else nochmal nach.
„Doch, kann ich. Ich stehe ab sofort unter Denkmalschutz und bewege mich nicht mehr."
Else ging kopfschüttelnd nach oben.
Wir fragten Else: „Wo ist Heinz?"
Sie setze sich, goss sich einen Kaffee ein und meinte: „Er stagniert."
Oma Thiel und ich schauten uns ratlos an. Dann fragte Elfriede nochmal nach:
„Er macht bitte was?"
„Er stagniert, er bewegt sich nicht von seiner Couch und steht jetzt unter Denkmalschutz."
Ich stand auf und meinte: „Ich gehe mal nach ihm schauen."
Ich klopfte, aber ich hörte kein `Herein.'
Also ging ich einfach in die Wohnung und sah Heinz auf der Couch sitzen.
Ich dachte: ‚*Himmel, wie sieht es denn hier aus. Überall Zeitungen. Mein Blick fiel darauf. Das sind Jahre.*

*Sammelt er die? Ich schaute mich um und sah in der Küche nur Dreck und Zigarrenstummel.*

*Volle Aschenbecher. Das stank auch in der Wohnung.'*

Ich öffnete die Fenster. „Heinz, was ist los?"

Jetzt schaute er mich an und meinte: „Ich habe so einen Muskelkater, ich kann mich nicht mehr bewegen.

Ich kann weder stehen, geschweige denn gehen oder gar die Arme heben.

Ich kann mir nicht mal eine Zigarre anzünden." Tränen standen in seinen Augen.

„Seit wann rauchst du denn?", fragte ich nach.

„Na, seit 50 Jahren, aber die Frauen wollten keinen Gestank in der Bude, deshalb rauche ich hier oder im Garten. Verrate mich bitte nicht."

„Und warum sieht es hier aus, wie bei einem Messie?", bohrte ich nach.

„Na, ich dachte, wenn ich eine Frau habe, kann die ja hier dekorieren, ist ja eh Frauensache!"

„Dekorieren oder aufräumen trennt Welten, Heinz.

So, wie es hier aussieht, wird dich gar
keine Frau nehmen. Die ekeln sich vor
so viel Müll,"
kommentierte ich weiter. „Meinst du?",
fragte er wie ein Kleinkind nach.
„Was ist denn mit Else, die magst du
doch, oder?"
Heinz Gesichtszüge wurden weich.
„Ja, die mag ich sogar sehr gern. Meinst
du Conny, die möchte hier aufräumen?"
„Eher weniger, das musst du schon
machen. Pass mal auf, ich helfe dir. Das
brauchen die Frauen nicht zu wissen.
Dann lädst du Else zum Essen ein und
besprichst mit ihr die ‚Löffelliste'.
Du hattest doch erzählt, dass ihr beide
einen getrunken habt und euch köstlich
über eure Löffelliste amüsiert habt."
„Das stimmt, Conny du hast Recht, wir
müssen noch so einiges erleben,
bevor wir den Löffel abgeben, genau!"
Er wollte mit Schwung aufstehen, setzte
sich aber gleich wieder. Heinz kam nicht
allein hoch.
Er hatte beim Sport zu viel Gewicht für
den Anfang genommen.

Ich half ihm hoch und gemeinsam
gingen wir nach oben zum Frühstück.
Die Damen waren schon fertig.
Als sich Heinz wieder sein ganzes Ei in
den Mund schob, waren alle selig, dass
er wieder da war.

Werner hatte seiner Tochter erzählt,
dass er Elfriede einen Heiratsantrag
machen wollte, er aber den Ring
vergessen hatte. Jetzt hatte er keine
guten Ideen mehr. Kathi schon.
„Der Hamburger Dom läuft doch bald.
Wenn du da von dem Riesenrad, eine
Gondel für euch mietest und sie
dekorierst? Ich würde das auch für dich
organisieren.  Wenn die Gondel oben
ist, machst du ihr einen Antrag. Wir
kommen alle mit.
Vielleicht hat auch Ole Lust
mitzukommen damit das nicht so
auffällt, was du vorhast."
Diese Idee fand Werner großartig.
Er wollte sich gleich darum kümmern.
Alles lief unter dem Siegel der
Verschwiegenheit.

Der Termin beim Arzt war gekommen.
*‚Läuft alles wie am Schnürchen,'* dachte
Oma Thiel.

Beim Gespräch mit dem Arzt erklärte
sie: „Ich möchte gerne Botox, um meine
Falten zu reduzieren.

Vor allem an den Augen, an der Stirn
und der Tabakbeutel um den Mund,
sollte glatt gemacht werden. Der Arzt
war nett und sah auch ziemlich geliftet
aus.

Er beriet Elfriede ausführlich und
meinte, dass für sie durchaus noch ein
Gesichtslifting in Frage kommen würde.
Oma Thiel überlegte. Dann klopfte es
nur kurz und die Tür wurde ohne ein
Herein geöffnet.

Eine Frau kam herein. Der Arzt stellte sie
als seine Frau vor.

Diese Frau sah aus, als hätte man sie
durch einen Windkanal geschoben. Der
Arzt meinte, so würde das in etwa bei
Ihnen auch aussehen. Die Frau
versuchte zu lächeln, ging nicht. Das
Gesicht verzog sich nur zur Fratze.

Mit den Worten: „Ich überlege mir das
nochmal," verschwand Oma Thiel aus
der Praxis und dachte:

*‚Nie im Leben möchte ich so aussehen.'*
Dann ging sie zum Friseur, um ihre grauen Haare wieder neu aufzufrischen. Sie kam gerade noch rechtzeitig zu Hause an, da ihr Crosstrainer geliefert wurde. Abgehetzt öffnete sie die Tür und schon standen die Auslieferer vor ihr. Sie bauten Oma Thiel den Crosstrainer auf und wunderten sich, dass hinter der Tür im Schlafzimmer ein Rollator stand.

Ihre Augenbrauen gingen nach oben. Dann waren sie weg.

Oma Thiel war guter Dinge. Sie holte ihren CD- Spieler und machte sich Musik an.

In ihren neuen Trainingsklamotten stellte sie sich beschwingt auf den Crosstrainer.

Sie ist vernünftig und sagt sich: „Mit fünf Minuten fange ich an oder vielleicht zehn. So schwer sah das bei den Mädels im Studio nicht aus. Die Musik begann, das erste Treten kam mit einem Leichtigkeitsgefühl beschwingt aus ihrer Hüfte.

*Nach genau zwanzig  Sekunden schaute sie das erste Mal auf den Tacho. Nach einer Minute kam der Refrain vom Lied: „Du schaffst das schon", von Klubbb3, sie keuchte den Refrain mit. Nach zwei Minuten, kurz innehalten. Da war doch ein Geräusch? Nein, leider doch nicht. Nach drei Minuten, kurz anhalten, um zu sehen, ob das  Gerät   auch den richtigen Standort hatte. Hatte es, leider. Nach vier Minuten ging Oma Thiel vorsichtshalber nochmal ihr Testament im Kopf durch. Nach fünf Minuten sah sie einen schwarzen Tunnel, und stieg in gebeugter Haltung ab. Gottseidank stand zufällig noch der Rollator hinter der Tür, auf dem sich Elfriede sogleich abstützte. Sie kroch mit Rundrücken in die Küche. ‚Gott, war das anstrengend', dachte Elfriede.*

Heinz saß am Küchentisch, hatte die Bildzeitung ausgebreitet und trank gerade eine Flasche Bier. Er setzte das Bier ab und starrte Oma Thiel an, als käme sie von einem anderen Stern. Elfriede sah Heinz jetzt auch.

Ihr war es sehr peinlich. Es sollte doch keiner wissen, mit dem Crosstrainer. Jetzt schob sie sich mit Elses Rollator in die Küche.

„Alles okay mit dir Elfriede, du siehst so blass aus?", fragte er höflich nach.

Elfriede pöbelte Heinz an: „Der Rollator von Else steht hier immer noch rum, kannst du den nicht endlich mal ins Heim bringen? Oder braucht Else den etwa noch?"

Heinz stotterte: „Ich, ich weiß nicht, wir können sie ja mal fragen."

„Dann mach das und dann weg mit dem Ding, wir sind doch keine alten Leute!", donnerte Elfriede vorsichtshalber noch mal in seine Richtung.

*‚Puh, das ist nochmal gutgegangen,'* dachte Oma Thiel und setze sich aufs Sofa, in der Wohnstube. Sie stellte den Fernseher an. *‚Ich habe den Crosstrainer unterschätzt,* dachte sie.

*Es sah so leicht aus, bei den Mädchen im Studio.'*

Else kam in ihrer Sportkleidung zu uns und fragte: „Und, seid ihr soweit? Wir wollen doch zum Sport?"

Oma Thiel winkte ab und meinte: „Für mich heute kein Sport, es soll ja etwas Besonderes bleiben.

Sieh lieber zu, dass dein Rollator hier endlich mal wegkommt."

Damit verließ sie die Wohnstube und ging ins Schlafzimmer.

Sie musste sich erst einmal auf ihr Bett legen, ein bisschen ausruhen.

Else meinte zu Heinz:

„Nur weil Werner den Antrag noch nicht gemacht hat, ist sie unausstehlich geworden."

Heinz sagte: „Komm, trink erst einmal einen Kaffee," und schenkte Else eine Tasse ein. Dann meinte er: „Was ist denn mit unserer Löffelliste? Hast du noch Lust oder kneifst du?"

Else überlegte und antwortete dann: „Ich habe immer und überall Lust!"

Heinz strahlte.  Sie brachten den Rollator ins Heim und fuhren anschließend ins Sportstudio. Ich war schon da und fragte nach Oma Thiel, aber die Beiden zuckten nur mit den Schultern.

Else und Heinz verabredeten sich zum Essen, um ihre Löffelliste zu starten.

Else meinte, dass man gleich damit anfangen könne. Sie wollte gerne Sushi essen. Heinz fragte nochmal nach, was das sei, und Else sagte: „Japanisch."
Heinz war begeistert, weil er gerne Ente isst, süß – sauer.

Kathi hatte ihrem Vater geholfen und alles für den Heiratsantrag auf dem Riesenrad arrangiert.
Wir alle waren am Eingang der Kirmes verabredet. Das hieß: Werner, Kathi und Nico, Heinz, Else und Oma Thiel. Auch Ole und ich, (Conny.)
Alle waren da, außer Ole.
Kathi war traurig. Ihr Vater erzählte, dass Ole nachkommen würde, er hätte noch etwas zu erledigen, wegen des Umbaus.
Werner hatte sich einen Smoking angezogen, was wir alle für die Kirmes zu übertrieben fanden. Sein Ring war in der Jackentasche. Diesmal hatte er ihn dabei.

Wir anderen waren alle salopp gekleidet, auch Elfriede. An der Achterbahn sagte Heinz: „Komm Else, wir fangen schon mal mit unserer Löffelliste an."

Bei Else drehte sich der Magen, als sie die kreischenden Menschen darin kopfüber sah. Sie überlegte kurz, aber sie hatte für so einen Fall vorgesorgt und ihre Zähne mit Kukident festgeklebt. Sie nickte. Wir waren erstaunt, dass eine 80-Jährige in eine Achterbahn steigt. Wir warteten brav und winkten ihnen noch zu, als die Fahrt losging. Erkennen konnten wir einen Heinz, der jubelte und eine Else, die ohnmächtig in seinem Arm lag. Als die Fahrt zu Ende war, meinte sie nur: „Fand ich gar nicht so schlimm."

Jetzt hatte Nico Hunger und wollte Pommes. Wir kauften uns eine Brezel und tranken das erste Bier. Kathi versuchte das Tablett mit dem Bier zu tragen, als eine angenehme Stimme fragte: „Darf ich behilflich sein?" Es war Ole. Ihr Herz pochte wie wild.

„Ja gerne, hallo Ole, schön dass du noch gekommen bist."

Kathis Stimme stockte ein wenig.

„Ich konnte mir das doch nicht entgehen lassen," grinste er.

Ole und Nico sind die meiste Zeit Karussell gefahren. Der Kleine strahlte über das ganze Gesicht. Später sind wir alle zusammen in die Geisterbahn gestiegen. Das heißt immer zu zweit in einem Wagen. Werner und Elfriede, Else und Heinz, Ole und Kathi und Nico und ich. Die Geisterbahn fährt nicht so schnell, wie eine Achterbahn. Sie ruckelt sich da mehr so durch und erschreckt die Leute. Einmal blieb die Bahn auch stehen. Else dachte, die Fahrt ist zu Ende und stieg aus. Heinz rief: „Hui, Else das Nachtgespenst! Nun komm wieder rein." Die Fahrt ging weiter.

„Else, beeil dich, es geht weiter!", schrie Heinz.

Die Fahrt war zu Ende und Else war noch in der Geisterbahn.

„Wieso ist es denn hier so dunkel, verdammt noch mal. Saubermachen können die hier auch mal. Überall diese Spinnweben," meckerte sie weiter.

Einige klebten an ihr.

*‚Da, endlich ein Licht,‘* dachte sie. Als Else rauskam, schrien sämtliche Menschen und liefen in alle Richtungen. Else sah aber auch aus wie ein Monster, mit all den Spinnweben. Oma Thiel und ich lachten uns schlapp. Uns liefen die Tränen über das Gesicht.
Else ist aber auch manchmal lustig.
Heinz half ihr, die Spinnweben wieder loszuwerden.
Dann kam das Riesenrad. Wir waren pünktlich. Es war schon etwas später und dunkel geworden. Werner fragte seine Elfriede, ob sie ihm die Ehre geben würde, hinaus in Welt zu fahren. Sie wollte. Gottseidank.
Oma Thiel sagte, „Schau mal, diese Gondel sieht am hübschesten aus, die will ich haben."
Sie war mit Rosen und Lichterketten geschmückt, sah wunderschön aus. Sie durften sie benutzen.
Nach drei Runden hielt die Gondel oben an. Das Fahrgeschäft löschte alle Lichter, nur die Gondel von Elfriede und Werner leuchtete durch die Lichterketten. Ein ziemlicher Wind herrsche da oben.

Kathi sagte zu uns anderen: „Hoffentlich schafft es mein Vater. Er ist nämlich nicht schwindelfrei. Für eine Dauer von fünf Minuten hatte Kathi das so bestellt. Werner hielt sich an der Gondel fest. Er war unfähig, überhaupt etwas zu tun. Er würgte und hielt sich die Hand vor den Mund, während Elfriede sagte: „Oh, schau mal das Riesenrad ist kaputt, jetzt müssen wir immer hier oben bleiben." Sie lachte herzhaft.
Werner hingegen ging es gar nicht gut. Was wollte er noch gleich hier oben? Kann die Gondel nicht unten halten, warum ganz oben, dann fiel ihm alles aus dem Gesicht. Das Erbrochene wurde über seinen Anzug verteilt und in aller Winde zerstreut.
Elfriede winkte aufgeregt nach unten, mit der Bitte doch weiterzufahren.
Wir aber dachten, sie zeigt uns von oben ihren Ring.
Wir füllten unsere Gläser mit dem Sekt, den wir heimlich mitgenommen hatten. Das Fahrgeschäft machte die Lichter wieder an, und es ging weiter.

Als sie unten waren, stürmte uns
Werner entgegen und an uns vorbei. Er
war nicht mehr zu sehen.
Elfriede stieg aus der Gondel und sagte:
„Werner hatte eine Panikattacke und
hat alles vollgekotzt, mit dem fahre ich
kein Karussell mehr. Der ist nur peinlich,
nicht mal Riesenrad kann er fahren."
Wir gossen den Sekt heimlich weg und
versteckten die leeren Gläser in der
Tasche. Kathi sagte nur: „Das war wohl
nix."

# Löffelliste

Am nächsten Morgen. Oma Thiel hatte
schlechte Laune, weil sich Werner nach
dem Desaster nicht mehr bei ihr
gemeldet hatte.
Else stand am Toaster und drückte zwei
Brote ins Gerät.

Heinz betrat die Küche. „Was gibt es zu essen?"

„Toast," kam als Antwort von Else.

„Oh Toast, sag Bescheid, wenn du ein Kochbuch rausbringst," stichelte Heinz ein wenig im Spaß.

Da schrie Oma Thiel: „Heinz!"

„Ja, ja schon gut," maulte er, „hier ist ja mal wieder eine Laune am Tisch."

Else versuchte die Stimmung zu retten. Wir gehen heute Abend essen. Elfriede, willst du mit?" Heinz stockte der Atem, er wollte doch mit Else allein sein. Sie sagte Gottseidank ab, weil sie sich mit mir verabredet hatte.

Nach dem Frühstück ging Else in den Garten, um nach den Blumen zu sehen und Elfriede fuhr zum Café, wo sie mit mir verabredet war.

Wir tranken erst einmal einen Sekt, dann einen Kaffee. Ein Stück Erdbeertorte passte auch noch rein.

Oma Thiel erzählte mir, dass es mit dem Botox nicht funktioniert hatte.

Mit dem Sport, das müsse sie sich auch nicht mehr antun und überhaupt und so.

Ich sprach ihr Mut zu und meinte: „Häng doch nicht immer deinem Antrag hinterher. Versuch doch mal etwas Lustiges zu machen. Zum Beilspiel eine Pyjamaparty und dann lädst du alle ein. Ich helfe dir bei den Vorbereitungen. Wir machen Tapas und ein paar Salate. Dann schmeißen wir den Grill an und braten Fleisch und Würstchen für die Männer," zählte ich auf. „Genau," sagte Oma Thiel, jetzt mit einem Leuchten in den Augen. „Für uns Wein, ein Fass Bier für die Männer und Ramazzotti für alle."
„Super, du musst nämlich mal auf andere Gedanken kommen."
Die Idee war geboren und sollte zwei Wochen später in die Tat umgesetzt werden.
Jetzt war Elfriede mit anderen Dingen beschäftigt, als immer an diesen blöden Antrag zu denken. Wie organisierten alles für die Party.

Der Tag verging wie im Flug.

Heinz fing schon mal an, seine Wohnung auszumisten. Er entsorgte seine Bildzeitung von letzter Woche.
Immerhin schon mal ein Anfang.
Er zog seine neue Jeans und sein gelbes Hemd an. Das Hemd sah aus, wie ein Zitronenfalter. Man konnte diesen Mann jetzt auch aus zwei Kilometer Entfernung sehen. Auch Else machte sich schick.
Sie zog ein Kleid an, das aussah, wie ein riesiger Bluterguss, in Blau / Lila. Die Beiden fielen auf, soviel war klar.
Im Lokal angekommen, freuten sie sich, ihre Löffelliste zu besprechen.
Sie hatten beide einen Block und einen Stift mitgenommen.
Heinz schaute in die Karte.
Er sah erst in die Getränkekarte.
„Saki---," sagte er leise, „hört sich an wie Suzuki, die Motorradmarke, das nehme ich schon mal."
Else schloss sich an.
Zum Essen sprach der Japaner eine Empfehlung aus:

*„kannkaumkaun".*

Heinz meinte: „Meine Frau kann kauen
und ich auch." Der Japaner lächelte
und meinte:

„*Hingmaamhang?*"

Heinz verstand kein Wort und sagte:
„Wir hängen nicht am Hang, und nun
bringen sie einfach etwas, am liebsten
Ente." Der Japaner verbeugte sich, nahm
die Karten und verschwand in der Küche.
Am Nebentisch unterhielten sich zwei
Araber.
Man hörte nur: „*Wardamahaarda.*"

Else schaute Heinz mit einem
Fragezeichen im Gesicht an.
Heinz sagte voller Überzeugung:
„Der *,Eine'* hat den *,Anderen,'* gefragt,
ob da mal ein Haar war, der hat doch
jetzt eine Glatze."
Beruhigt nickte Else.
Sie stießen mit ihrem Sake an. Heinz
spuckte das sofort wieder zurück ins
Glas. „Das ist ja Abflussfrei," donnerte
er los. Else fand das auch. Beide
schoben die Getränke weg und
bestellten eine schwarze Flasche,

die bei den alkoholischen Getränken, hinter der Bar stand.

Heinz meinte: „Schwarz ist gut, ist bestimmt ein Wein."

Der angebliche Wein hieß:

**‚Ki No Bi Sei Kyoto Dry Gin'**

*(Es war Gin, kein Wein)*

Heinz schenkte es seiner Else großzügig in das Weinglas.

Die Japaner tauschten Blicke aus. Was so zu verstehen war wie:

*‚Die Deutschen können aber auch saufen.'*

Wieder prosteten sie sich zu und fanden, dass der Wein sehr trocken war, aber gut.

Das Essen kam. Es war eine große Platte, mit ganz vielen Röllchen. Sie hatten eine schwarze oder lachsfarbene Umrandung. Der Ober überreichte den Beiden Stäbchen.

Heinz rührte erst einmal seinen Wein (Gin) um und fragte nach Besteck.

Beide bekamen Besteck. Heinz nahm ein Röllchen und pustete stark. Er nahm an, dass es noch heiß wäre.

So, wie Heinz nun mal seine gekochten
Eier morgens in den Mund schiebt,
machte er das auch mit dem Röllchen.
Nach dem Motto: ‚Passt schon.'
Sein Gehirn war auf Ente eingestellt,
dieses war aber roher Fisch. Else biss
vorsichtig rein, und bemerkte, dass es
gar nicht so schlecht schmeckt.
Heinz riss die Vase vom Tisch, nahm die
künstlichen Blumen raus und spuckte
alles in die Vase.
Als er seinen Mund mit Wein (Gin)
nachgespült hatte meinte er:
„Meins war noch roh und überhaupt
nicht durch. Außerdem war es Fisch und
keine Ente."
Er dachte, da könne er auch gleich
tauchen gehen und die Fische im
Ganzen verschlingen. Das Sushi mit
rohem Fisch ist, wussten sie natürlich
nicht. Else aß viel davon, Heinz trank
seinen ‚Ginwein,' der ihm zu Kopf stieg.
Beide waren angetrunken und schrieben
ihre Löffelliste unter erschwerten
Bedingungen. Heinz würde gerne mal
eine Viagra nehmen, was er auch laut
aussprach.

Die arabischen Herren schauten zu ihnen rüber. Heinz sagte auf Arabisch:
*„VI – ARK - GRA."*
Die Herrschaften schüttelten mit dem Kopf.
Else sagte gut gelaunt:
*„FALL – SCHIRM - SPRUNG.*
Ist auch arabisch und heißt:
Fallschirmsprung."
Sie fuhren mit dem Taxi nach Hause, weil der Wein, dieser KI NO BI SEI GIN, doch zu stark war.

## *L*andkarten

Heute war der Tag, an dem ich mir die Handschuhe angezogen hatte, um bei Heinz zu entrümpeln.

Voller Tatendrang betrat ich seine Wohnung. Heinz lag auf seiner Couch und las die Auto-Motor-Sport.

„Ich dachte, du hast schon angefangen mit ausmisten, Heinz. Nun mal hopp hier. Ich habe nicht den ganzen Tag Zeit."

Heinz fühlte sich nicht wohl, sich von so vielen Sachen zu trennen.

Er meinte noch überall nach einem Artikel in der Zeitung nachzuschlagen, was wichtig wäre, wenn…….

„Heinz, so arbeite ich nicht mit dir. Dann sage ich den Frauen eben, dass du ein Messie bist. Dann will Else bestimmt nichts mehr mit dir zu tun haben. Elfriede würde einen Nervenzusammenbruch bekommen, wenn sie sieht, wie du ihre kleine frisch renovierte Einliegerwohnung zugemüllt hast."

„Ist ja schon gut, dann nimm diese Zeitung eben und schmeiß sie weg."

Ich verdrehte meine Augen und holte Umzugskartons aus dem Auto. Wir packten sämtliche Zeitschriften in die Kisten und die leeren Pappkisten von den Pizzakartons gleich dazu.

Beide Autos, von Heinz und mir, waren voll. Damit sind wir erst einmal zum Papiercontainer gefahren, um alles zu entsorgen.

Während Heinz in der Küche sein Geschirr einweichte, weil er es nicht sauber bekam, hielt ich Ausschau nach dem Badezimmer.

Ich fand es nicht. Heinz zeigte mit dem Finger auf einen Raum, der voller Müll war. Ich kapitulierte und rief Leute an, die das entsorgen mussten. Erst danach putzte ich das Bad.

Bei der Toilette dachte ich:

„Heinz wäre mit einer halben Viagra gut bedient, denn dann würde er sich nicht immer auf seine Hausschuhe pinkeln, oder sogar daneben. Er wäre besser im Zielen. Am besten wäre, er würde sich in Zukunft auf den Toilettendeckel setzen.

Abends um 23:30 Uhr waren wir fertig. Die Wohnung war nicht wiederzuerkennen, ich auch nicht. Ich konnte mich nicht mehr bewegen.

Heinz versprach und gelobte Besserung.

\*

Oma Thiel meinte zu Else am Tisch: „Ich brauche dringend eine Magenverstimmung, dann würde ich mal wieder zwei Kilo abnehmen."

Else lachte. Dann meinte sie: „Die Eier sind alle, Äpfel und Gemüse würde uns auch guttun. Du musst zu Tick-Tack fahren."

„Wieso ich, warum nicht du, Else? Ich dachte, ihr versteht euch so gut."

Else druckste herum, sie wollte die Nacht bei Tick-Tack-Thomas einfach nur vergessen.

Dann meinte sie: „Komm, wir fahren zusammen mit dem Bus dahin.

Vorher laufen wir noch eine kleine Runde zum See. Da können wir das alte Brot an die Enten verfüttern."

Oma Thiel war einverstanden und schon waren sie angezogen und gingen los. Sie fütterten erst die Enten.

„Diese Ruhe hier ist unbeschreiblich schön," meinte Elfriede. „Was ist eigentlich mit dir und Heinz?"

„Wir sind nur gute Freunde und haben ein bisschen Spaß mit unserer Löffelliste.

Heinz hat etwas für heute aus der Liste geplant, weiß aber nicht genau was."
Ein bisschen verschwitzt kamen sie bei Tick-Tack-Thomas an.
*‚Ob er seinen Kuckucksuhrentick schon wieder los ist?'* dachte Oma Thiel, als sie bei ihm läutete.
Else wollte mal nach Ole schauen und guten Tag sagen und verkroch sich in die Scheune. In Wirklichkeit wollte sie Thomas aus dem Weg gehen.
Als sie immer weiter in die Scheune lief und Ole rief, kam ihr Thomas entgegen.
„Oh, hallo Else, schön dich hier zu sehen. Finde ich großartig, dass du den Weg zu mir gefunden hast.
Ich wollte auch schon zu dir kommen, wegen der Sache damals, du weißt schon." Tick- Tack Thomas schaute beschämt zu Boden.
Else sagte großzügig:
„Ist schon okay."
Das verstand Thomas aber falsch und er packte Else beherzt an der Schulter, zog sie an sich und schob ihr seine Zunge bis zum Anschlag in den Hals.

Er schob die Zunge wie wild hin und her.
So schnell, wie eine Nähnadel bei der
Nähmasche.

Else drückte ihn weg, wische sich den
Speichelfluss von Thomas an ihrem
T-Shirt ab und stammelte:

„Bist du nicht ganz dicht?" „Wieso, du
hast doch gesagt, dass es okay für dich
wäre?"

„Na, ihr zwei Turteltauben, störe ich?",
kam von Elfriede.

Die hatte nämlich Thomas im Haus nicht
gefunden. Else meinte zu Oma Thiel:
„Wir sehen uns am See." Dann
verschwand sie im Laufschritt, und das
heißt für Else schon was, aus unserem
Gesichtsfeld.

Tick-Tack-Thomas sagte mehr zu sich
selbst: „Ich glaube, sie liebt mich." Dann
zu Oma Thiel gewandt: „Was kann ich
für dich tun, so wie immer?"

Oma Thiel nickte und schaute ein
bisschen verwirrt aus.

Als Else in hohem Tempo vom Hof lief,
und an der Straße entlang ging, hupte
ein Auto neben ihr. Ein grünes Auto,
Marke Jaguar, fuhr neben ihr. Harald,
den hatte sie schon ganz vergessen:

„Soll ich Sie ein Stück mitnehmen?",
fragte er galant.

Harald hatte sie damals mit dem Auto
angefahren.

Am liebsten hätte sich Else sofort ins
Auto gesetzt, aber sie war mit Elfriede
am See verabredet.

Sie schnaufte: „Liebend gern, aber
heute nicht.

Wie wäre es, wenn wir uns am Samstag
zum Essen treffen?"

Harald war entzückt und versprach, sie
um 19:00 Uhr am Samstag abzuholen,
um beim Franzosen zu speisen. Dann
fuhr er weiter.

Else dachte nur: *,Wie nett, den schnappe
ich mir.'*

In der Nacht klopfte es an der
Schlafzimmertür von Else. Völlig
verschlafen öffnete sie ihre Tür.

Heinz stand davor. Er hielt einen alten,
vergammelten Rucksack über der
Schulter und fragte:

„Alles klar, wir können los, ich wäre dann soweit." Else verstand kein Wort.

„Na, du weißt doch, unsere Löffelliste," flüsterte Heinz. Elfriede sollte im Nebenraum nicht wach werden.

„Wanndannjetzt?", fragte Else vorsichtshalber nochmal nach.

Heinz verstand den Satz nicht und schaute ungläubig.

Else grinste und meinte: „Das war Chinesisch und heißt: Wann dann jetzt?" Beide kicherten, wie kleine Kinder.

„Moment, ich schmeiße mir schnell etwas über und komme dann runter."

Als sie unterwegs waren, fragte Else nach, wo es denn hingehen sollte, aber Heinz grinste nur.

Dann hielt er am Straßenrand. Alles menschenleer.

„Los, steig hier drauf und dann rüber mit dir," forderte Heinz Else auf.

„Ist da der Friedhof, oder was?".

„Nix Friedhof, warte ab." Heinz machte eine Räuberleiter und Else hievte sich umständlich hoch.

Oben am Zaun hing sie fest.

Dann ein Reißen in der Nacht und sie plumpste auf der anderen Seite wieder runter. Das Nachthemd hatte sie aus Bequemlichkeit angelassen und nur eine Hose daruntergezogen.

Jetzt hing die Hälfte des Nachthemdes am Zaun. Ausgerechnet das Stück, das ihren Hängebusen abdecken sollte, war weg.

*‚Hätte ich doch nur schnell noch einen BH angezogen,'* dachte sie.

Heinz zog sich hoch und fiel auch nicht gerade elegant vor die Füße von Else.

„Was machen wir hier?", fragte Else nach.

Heinz schaute auf ihren nackten Busen.

„Schwimmen gehen."

Sie waren in eine Badeanstalt eingebrochen.

„Darf man das?", fragte Else nach. „Klar, besser als eine Bank überfallen ist es allemal."

„Aber ich habe gar keinen Badeanzug mit und meine Badekappe."

„Wir schwimmen nackt, du bist ja eh schon halb ausgezogen." Heinz zog seine Sachen aus und sprang ins Wasser.

Else schaute nach links und rechts und tat es ihm ‚*Gleich*‘.

Sie planschten wie zwei Teenager im Wasser. Es gab nur eine spärliche Beleuchtung.

Sie gackerten und alberten herum. Dann gingen sie wieder auf die Wiese. Heinz holte zwei Handtücher aus dem Rucksack, die schon mal bessere Zeiten gesehen hatten. Und eine Flasche Sekt mit zwei Plastikbechern.

Er schenkte ein und sie tranken nackt den Sekt.

Als Heinz auf die Beine von Else schaute, meinte er: „Boa, du hast ja viele Krampfadern. Guck mal hier, ganze Straßenzüge. Und hier unten eine Vollsperrung!“

„Lass mich in Ruhe!“, keifte Else jetzt, „ich will nach Hause.“

Der Abend war gelaufen.

Sie fuhren zurück.

Die Nacht hätte so schön werden können, weil Heinz extra eine Viagra genommen hatte.

Er hätte es geschickter anstellen müssen.

Else schlief gleich in ihrem Bett ein und von Heinz schlief auch alles, na ja, fast alles!

## *A*lles kann, nix muss

Bei Oma Thiel lief alles auf Hochtouren. Sie hatte eine Gästeliste: Werner, Kathi mit ihrem Sohn Nico, Ole, Heinz und Else, Marius, der Pfleger aus dem Heim und Rudolph mit PH kam auch. Sogar Ernst hatte sie eingeladen. (Der immer nach dem Bus fragt) Ihre Nachbarin Sieglinde hatte auch zugesagt. Sie wollte, dass es voll wird. Nur ihren Kindern sagte sie nichts. Da es eine Pyjama-Party war, brauchten wir uns keine Gedanken zu machen, was wir anziehen sollen. Wir trugen gemusterte, weiße, mit Blumen und gestreifte Pyjamas.

Jeder sah auf seine Art gut aus.

Die Vorbereitungen liefen. Heinz zapfte das Bierfass an und schüttelte schon mal den Rotwein für die Damen.

„Heinz!", schrie Oma Thiel.

„Ein Rotwein muss ruhen, den kannst du doch nicht schütteln!"

„Der hat doch lange genug geruht," verteidigte sich Heinz, stellte den Rotwein aber wieder weg.

„Das Fleisch für den Grill kannst du schon mal auf eine Platte legen.

Hier drin machst du nur Unsinn."

Es klingelte und Ole kam. Er fragte höflich nach, ob er sich im Badezimmer umziehen dürfte.

Dann übernahm er in Schlafanzughose den Grill. Das Oberteil hatte er noch ausgelassen, weil es so warm war und weil sich der Geruch von dem Fleisch so in der Kleidung festsetzte. Sah schon komisch aus.

Heinz ging sich in seiner Wohnung umziehen. Er kam in Unterhose wieder zum Vorschein.

„Heinz, du kannst doch hier nicht in Unterhose rumlaufen, und dann noch Feinripp. " rief Oma Thiel aufgebracht.

Ole und Else grinsten. „Wieso, ich schlafe sonst immer nackt. Sei froh, dass ich mir eine Hose übergezogen habe."
Heinz war beleidigt.
Elfriede rief noch schnell Werner an, dass er noch einen zweiten Schlafanzug für Heinz mitbringen sollte.
Jetzt kamen nacheinander die anderen Gäste. Auch Werner kam im Schlafanzug. Er hatte, genau wie Ole, eine kurze Boxershorts an. Die lange Hose hatte Ole dann doch ausgezogen, einfach zu warm.
*Sah schon sexy aus,' dachte Oma Thiel.*
Eine lange Hose hatte er für Heinz mitgebracht.
Else hatte ein weites Nachthemd an, genauso wie Ernst, was schon komisch aussah. Elfriede hatte einen Schlafanzug in Rosa an. Kathi hatte ein Negligé an und Nico, der Kleinste, einen Skelettanzug. Alle waren zufrieden. Der Grill loderte und die ersten Würstchen für die ganz hungrigen wurden schon gereicht.
Es wurde deutscher Schlager gespielt, was Werner organisierte.
Als alle gegessen hatten und das Lied:

*‚Die Gefühle haben Schweigeflicht.'*
von Andrea Berg kam, suchten sich die
Blicke von Ole und Kathi.
Als Ole gerade zur ihr gehen wollte, hielt
ihn Nico auf. Er flüsterte Ole etwas ins
Ohr.
Beide lachten und verschwanden. Auf
die Frage seiner Mutter: „Wo geht ihr
denn hin?", gab es keine Antwort.
Die Stimmung war hervorragend.
Das Wetter warm, nicht zu mehr zu heiß
und auch Elfriede nahm wieder die
Hand von Werner.
Als Ole und Nico wiederkamen, gab es
eine Wasserschlacht mit Wasser -
bomben. Sie hatten kleine Luftballons
mit Wasser gefüllt und beschossen die
anderen damit. Alle schrien
durcheinander, waren aber fröhlich,
über so viel Heiterkeit. Auch Kathi warf
Luftballons auf Ole.
Oma Thiel stürzte ins Haus und holte
ihre Wasserpistolen. Sie hatte etwas
ähnliches vorgehabt, und die
Wasserpistolen schon gefüllt.
Am Ende drehte Heinz den im Garten
liegenden Wasserschlauch auf und hielt
ihn auf seine Freunde.

Else half ihm dabei. „So viel Spaß hatten wir lange nicht," juchzte Oma Thiel. Die Tränen vom Lachen vermischten sich mit dem Wasser, dass ihr aus den nassen Haaren tropfte. Sie war nur glücklich. Die Party war ein voller Erfolg. Als alle wieder getrocknet waren und der Kleine bei Oma im Bett schlief, wurde es ruhiger. Es war mittlerweile dunkel geworden.

Rudolph mit Ph und Ernst waren schon wieder auf dem Weg zum Heim.

Sieglinde, die Nachbarin, hatte Rudolph versprochen, ihn mal zu besuchen und ist auch gegangen.

Ole und Kathi kamen sich näher, viel näher. Sie saßen auf der Hollywoodschaukel. Sie hatte den Kopf auf die starken Schultern von Ole gelehnt.

Heinz und Else planten ihren nächsten Schritt, von der Löffelliste.

*‚Einen Fallschirmsprung.'*

Ich war auch schon auf dem Nachhauseweg.

Und Werner und Elfriede saßen am Teich, auf einer weißen Bank.

Oma Thiel hatte drei Kois, die darin schwammen. Ein riesiger Sternenhimmel lag über ihnen.

Werner meinte: „Weißt du Elfriede, bei einer langen Ehe gibt es immer ein paar Schlaglöcher, bei einer langen Straße auch."

„Ach Werner, ich wollte mich deinetwegen verbiegen und wollte sogar meine Falten wegspritzen lassen."

„Deine kleinen Fältchen erzählen dein Leben. Ich hoffe nur, dass du alles so lässt, wie es ist, denn nur so liebe ich dich."

Oma Thiel hatte Tränen in den Augen. Werner stand auf und knüpfte seine Pyjamajacke auf. Er zog ein Band über seinen Kopf, löste den Knoten vom Band und hielt einen Ring in den Händen. Elfriede verstand noch nichts.

Werner ging auf die Knie und fragte: „Willst du meine Frau werden, verehrteste Elfriede?"

Oma Thiel hatte mit allem gerechnet, nur nicht damit. Sie war gerührt und antwortete nicht sofort.

„Es wäre nett, wenn du mir eine Antwort gibst, denn mein Knie tut weh."

Er kniete auf Steinboden.

Elfriedes Augen waren gefüllt mit Wasser, wie die Wasserbomben von vorhin. Sie sagte: „Ja, weil ich dich über alles liebe."

Dann steckte er ihr den Ring an den Finger, er passte.

Dann erhob er sich und küsste seine zukünftige Frau, ganz zärtlich, ganz lange. Als sie die Augen wieder öffneten, meinte Werner: „Frau Spinner!"

Elfriede zog eine Augenbraue hoch und erwiderte: „Sehr gern Herr Thiel."

 **_eht doch!_**

Oma Thiel war überglücklich, dass Werner es endlich geschafft hatte, ihr einen Heiratsantrag zu machen.

Der Ring war wunderschön. Und wie der Stein funkelte. *‚Geht doch,‘* dachte sie.
Sie ging in den Garten, um noch die restlichen, zerplatzten Wasserbomben aufzusammeln.
Da fuhr ein blitzeblanker Mercedes vor und hupte, weil er vor der Garage in die Auffahrt wollte. Dort stand allerdings die alte Karre von Heinz.
Er war, wie immer zu faul, das Garagentor zu öffnen, um sein Auto reinzustellen.
Er meinte, wenn das Tor mal automatisch aufgeht, fährt er auch rein.
Oma Thiel hielt die Ballonreste in den Händen und näherte sich dem Fahrzeug.
Es war ihr Sohn Manfred.
Der hatte sich seit Ewigkeiten nicht mehr blicken lassen. Und jetzt beschwerte er sich, weil er nicht auf die Auffahrt kam. Das ist doch wohl die Höhe.
„Hallo Mama!“, schrie er aus der heruntergelassenen Scheibe. „Fahr mal die alte Karre da weg, ich will dort stehen.“
*‚Was erlaubt sich der Bengel,‘* dachte Oma Thiel.

„Da musst du dich schon an die Straße stellen, mit deinem super Schlitten."
Sie dachte kurz darüber nach, dass der Mercedes von ihrem Geld war, auf das er aufpassen sollte.
Widerwillig parkte er sein Auto an der Straße und kam auf sie zu.
„Wollte mal sehen, wie es dir geht, Mama?" Dabei überreichte er ihr ein paar Blumen, die unten nass waren.
„Ich war gerade auf dem Friedhof, ein Arbeitskollege, bzw. mein Chef ist gestorben. Herzinfarkt und jetzt hat unsere Firma dichtgemacht." erzählte er weiter.
„Und wieso sind die Blumen so nass, Junge, hast du die vom Friedhof mitgenommen?" Manfred wurde rot.
„Nein, die standen bei uns in der Vase, damit sie frisch bleiben. Ist doch so warm draußen," log er.
Missmutig beäugte Elfriede die Blumen und dachte, *na es hängt ja nicht noch eine Schleife dran, vielleicht hat er ja Recht.*
„Wie sieht es denn hier aus, da liegen ja lauter Ballonreste auf dem Boden. Hast du eine Wasserschlacht gemacht?"

Er lachte spöttisch.

„Ja, was dagegen? Ich hatte hier gestern eine Party und wir haben uns eine Wasserschlacht mit Wasserpistolen und Wasserbomben geliefert."

„Eine Kinderparty für Rentner, ha, ha. Das kannst auch nur du dir ausdenken." Oma Thiel war sauer und ging missmutig an ihm vorbei, ins Haus. Er ging ihr hinterher.

„Einen Kaffee?", fragte sie aus Höflichkeit.

„Ja, danke, gerne," antwortete er. Sie setzen sich an den Küchentisch und tranken Kaffee. „Wenn dein Chef tot ist, was machst du denn jetzt? Hast du dich schon arbeitslos gemeldet? Als IT-Manager wirst du schnell wieder etwas finden," sagte Oma Thiel zu ihrem Sohn.

Heinz kam gerade in die Küche, und wollte fragen, was es zu essen gibt. Als er Manfred sah, verdrehte er die Augen. Heinz sagte: „Hat sich schon erledigt," und drehte sich auf dem Absatz um. Mit dem wechselte er kein Wort.

Manfred druckste herum.

„Du Mama, deshalb bin ich auch hier. Im Moment ist das Geld ein bisschen knapp. Ich habe Kosten für das Haus, das Auto; und die Familie ernähren muss ich ja auch, du weißt ja, wie teuer das ist. Außerdem bin ich bei meinem Kredit im Rückstand. Deshalb wollte ich dich fragen, ob du mir eventuell etwas leihen könntest?"

Oma Thiel konterte sofort: „Siehst du hier irgendwo in der Wohnung einen Geldautomaten stehen?"

Manfred drehte sich um. Dann antwortete er: „Nö."

„Na also, geh arbeiten, Junge."

Sie dachte: ,*Kann der denn gar nichts allein? Dafür habe ich 36 Stunden in den Wehen gelegen.*'

Damit stand sie auf und sagte noch: „Ach übrigens bin ich jetzt Mitbesitzerin des Altenheims, in das ihr mich stecken wolltet und ich heirate demnächst. Jetzt bist du über alles unterrichtet und ich biete dir das Tschüss an."

Manfred war so verdattert. So viel Infos auf einmal konnte sein kleines Hirn nicht verarbeiten.

So kannte er seine Mutter gar nicht.

,Die anderen Alten haben bestimmt einen schlechten Einfluss auf sie,' dachte er.

„Hast du noch einen Alten aus dem Heim abbekommen, ha, ha."

Er dachte, sie scherzte. Aber als er ihr ernstes Gesicht sah, merkte er, dass sie nicht zum Spaßen aufgelegt war.

Seine Gesichtsfarbe wechselte von Rot zu Weiß.

„Aber Mama, das kannst du doch nicht machen."

„Junge, ich bin schon groß und wie du siehst, ich kann."

Heinz, der gelauscht hatte kam wieder in die Küche zurück und meinte: „Da draußen steht so ein Bonzen Auto. Gerade ist jemand vorbeigefahren und es gab kein gutes Geräusch. Sollte das Auto dir gehören, würde ich mal schauen gehen."

Manfred sprang mit den Worten hoch: „WAS!", und rannte raus.

Elfriede und Heinz schauten ihm hinterher. Beide hatten die Arme verschränkt und sichtlich Spaß daran, wie Manfred seinem Auto gut zusprach und es streichelte.

„Es wird alles wieder gut, ich finde den Fahrer, der dir das angetan hat, mein Liebling."

Er nannte sein Auto Liebling. Oma Thiel dachte: *,er ist zu dem Auto liebevoller als zu seiner Frau.'*

Heinz steckte seine Schlüssel, nachdem er den Lack weggepustet hatte, genüsslich wieder in seine Tasche. Dann klatschte er mit Elfriede ab.

„Was gibt es zu essen heute," fragte er.

„Schweinekrustenbraten," kam prompt die Antwort.

Als der Braten im Ofen war, rief sie mich an, um mir die Neuigkeiten zu berichten.

Ich lachte mich schlapp, als Oma Thiel mir die Geschichte erzählte. Schön, dass sie so viel stärker geworden ist und sich nichts mehr gefallen ließ. Oma Thiel meinte nur: „Geht doch!"

# *L*iste

Heinz brauchte ein neues Bett und Else wollte ihn begleiten, damit er sich etwas Anständiges holt, was gut für seinen Rücken ist.

In der Bettenabteilung legte sich Else vorsichtig auf ein Wasserbett und genoss es. Sie schloss ihre Augen. „Oh,"
stöhnte sie, „ist das schön angenehm."
Heinz ließ sich mit Karacho auf die andere Seite des Wasserbettes plumpsen. Else flog im hohen Bogen aus ihrer Seite. Der Verkäufer konnte sie gerade noch abfangen.

„Heinz!", schrie sie, „du bist aber auch manchmal wie ein Elefant im Porzellanladen!"

„Entschuldigung, ich wusste nicht, das die Betten hier so wässerig sind."
Danach wurden sie fündig und kauften ein 1,60 m breites Bett mit Federkernmatratze.

Na also, passt doch.

Auf dem Rückweg gingen sie noch schlendern und kamen an einem Tattoo-Studio vorbei. Else fragte Heinz: „Und, wie sieht es aus mit unserer Löffelliste. Da stand doch was von Tattoo?"
„Ja, ich dachte für die Wand, Else?"
„Papperlapapp, komm schon, wir schauen nur mal."
Drinnen wurden sie begrüßt, als kannten sie sich schon seit Jahren.
Der Tätowierer begrüßte Heinz mit der Ghettofaust, was Heinz gar nicht verstand. Daraufhin öffnete er seine Hand und klatsche Heinz ab. Else wurde vorsichtshalber die Hand gereicht. Man konnte nicht erkennen, welche Hautfarbe der Mann hatte. Wir denken: ‚Blau mit Muster'
„Was kann ich für euch tun?"
Else schaute schon in die Auslage und fand eine kleine rote Rose.
Sofort dachte sie wieder an ihren Chatnamen: ‚Rose.'
„Die möchte ich haben, am Busen," sagte sie ganz aufgeregt.
Der Tätowierer legte ihr dann nahe, dass es besser zum Knöchel am Fuß passen würde,

denn da welkt das Blümchen nicht so schnell. Heinz war unschlüssig und wollte irgendetwas, egal.

„Warum wollt ihr das denn machen?", fragte der Mann nach.

Heinz erklärte die Löffelliste.

Der Tätowierer fand das abgefahren. Er wollte Heinz einen Löffel auf seine Brust tätowieren.

Heinz war einverstanden, denn dann erinnerte es ihn immer an Else. Heinz war zuerst dran. Er verzog keine Miene, obwohl das ganz schön weh tat. Aber er wollte nicht als Jammerlappen dastehen.

Else war danach dran.

Sie meinte nach dem ersten Stich: „Können sie das bitte nicht so tief stechen, sonst bekomme ich das Zeug beim Duschen nicht mehr ab."

Der Mann lachte herzlich und stach einfach weiter.

Ein paar Stunden später saßen sie im Straßenkaffee und tranken ein Bier zusammen.

Dann rief Else mit ihrem Handy eine Nummer an,

wo sie einen Fallschirmsprung für zwei
Personen reservierte.
In drei Wochen wären zwei Plätze frei,
für einen Tandemsprung.
Das passte Beiden gut.
„Und wieder etwas, das wir von der
Löffelliste streichen können,“ sagte sie
zu Heinz.
Dabei gab sie ihm einen Kuss auf die
Wange.
Heinz strahlte.

Ole kam mit den Umbauarbeiten richtig
gut voran. Er machte sich aber seine
Gedanken. ‚Was ist, wenn er damit
fertig ist, wie geht es weiter? Jetzt, wo
er mit Kathi, der Tochter von Werner
und ihrem kleinen Sohn Nico zusammen
ist. Sie ist Ärztin und er bald arbeitslos.‘
Diese Gedanken machten ihm zu
schaffen und belasteten ihn.
Er wollte auch gerne ein Kind haben.
Aber der Zug war abgefahren, als seine
damalige Freundin mit seinem besten
Freund geschlafen hatte.

Nie hätte er sich träumen lassen, dass er sich mal wieder verliebt. Kathi ist gerade 37 Jahre geworden und er wird nächsten Monat 40. Ole hatte Zukunftsängste.

Er half seinem Onkel Thomas zwar auf dem Hof und machte alles, neben seinem Beruf, aber dafür bekam er kein Geld.

Er wusste, dass sein Onkel nur seine geliebten Kuckucksuhren und den Hof hatte.

Deshalb würde er nie etwas von ihm annehmen, auch wenn er ihm etwas Geld geben würde.

Beim Arbeitsamt war er schon auf der Warteliste, falls ein Architekt gesucht würde, sollte er sofort Bescheid bekommen.

Oma Thiel begutachtete die neuen Wohnungen des Heimes:

*'Glückseligkeit'*

Es ist schon richtig schön geworden. Gar nicht mehr mit früher zu vergleichen.

Jetzt hatte das Heim schon Stil. In vier Wochen ist die Eröffnungsfeier, wo groß gefeiert werden sollte. Da kommt dann sogar die Presse. Elfriede dachte: *‚und danach ist unsere Hochzeit dran. Das muss auch alles noch vorbereitet und organisiert werden.‘*

Heinz wollte gerade in den Garten gehen, um heimlich seine Zigarre zu rauchen, als Else mit schweren Taschen beladen vom Einkauf nach Hause kam. Elfriede war mit beiden Händen im Hack und formte Frikadellen. Sie sah Else durch das Küchenfenster.

Else stöhnte und schwitzte. Heinz hielt ihr die Tür auf.

„Heinz, nun steh da nicht so rum wie ein Aufnahmeleiter, nimm Else doch mal die Taschen ab. Die sind doch viel zu schwer." Erst jetzt nahm er Else eine Tasche ab.

„Puh," stöhnte Else, „irgendwie ist mir nicht so gut. Ich gehe heute früh schlafen." Sie ließ die Taschen in der Küche stehen und rannte zur Toilette.

„Heinz, ich frage mich, warum du ein Auto hast, wenn Else die schweren Einkäufe schleppen muss," regte sich Elfriede auf. Der war schon wieder in der Wohnstube, um seine versteckte Zigarre zu holen. Die hatte er schnell unter eine Zeitung geschoben, damit es keiner mitbekam.

„Soll ich dir helfen, Else?", schrie er aus der Stube. „Nee, das schaffe ich gerade noch so allein, mir den Hintern abzuputzen," zog auf und wusch sich die Hände.

„Ach, du warst auf dem Klo, ich dachte, du holst noch Taschen rein.", sagte er schuldig. Dann ging er in den Garten.

Else sagte zu Elfriede: „Ich bin heute mit Harald verabredet, er holt mich um 19:00 Uhr zum Essen ab. Du weißt ja, wie Heinz ist. Der muss das nicht unbedingt mitbekommen."

„Ach, ist das nicht Harald Schmitt mit TT, der dich angefahren hatte und sich als dein Mann im Krankenhaus ausgab?", fragte Elfriede nach.

„Ja, genau der. Der fährt einen grünen Jaguar, super nicht?", kicherte Else.

„Ich denke, Heinz wird das nicht mitbekommen. Wenn wir um 18:00 Uhr essen, kannst du dich im Bad fertig machen.

Danach geht er sowieso immer in seine Wohnung, Zeitung lesen," kommentierte Oma Thiel. „Okay, danke dir und nichts zu Heinz." Dabei legte sie Daumen und Zeigefinger auf ihre Lippen und drückte sie zusammen.

## *H*eirat, nicht ausgeschlossen!

Punkt 19:00 Uhr fuhr der Wagen vor. Else hatte sich schick gemacht. Ein wunderschönes grünes Kleid hatte sie an. Sie wollte zum Auto passen. Oma Thiel dachte nur: ‚Das sieht aus, wie ein aufgeplatztes Sofakissen.' Ohrringe, die gute sieben Zentimeter lang an den Ohren hingen. Die scheinen auch schwer zu sein, denn die Ohrläppchen hatten Schwierigkeiten, sie zu halten.

Zwei klobige Ringe zierten ihre knochigen Hände. Unzählige Armreifen funkelten an ihrem Handgelenk.

Eine Uhr, natürlich goldfarben, auf der Rolex stand, schmückte den linken Arm. Die hatte sie sich mal als Imitation in der Türkei gekauft, für zwanzig Euro.

Oma Thiel dachte: *‚Ich weiß nicht, wie sie es geschafft hat, so viel Busen nach oben zu drücken und aus dem Dekolleté zu schieben.*

*Eigentlich hätte man sie eher auf einem Straßenstrich vermutet, aber nicht zum ersten Date.‘*

„Ganz viel Spaß und lass dich verwöhnen," rief Elfriede ihrer Freundin hinterher.

Aus dem Küchenfenster sah sie, wie ein sehr eleganter Mann im Anzug aus dem Auto stieg, der Else die Beifahrertür aufhielt. Dann rauschten sie los. Else war ganz aufgeregt, ihr war heiß.

„Wie geht es Ihnen, Verehrteste," fragte er höflich nach.

„Bisschen warm hier," antwortete sie wahrheitsgemäß.

„Oh, okay, Moment." Und schon drehte er die Klimaanlage auf.

„Ich meinte eigentlich, nach ihrem Unfall?"

„Ich hatte Kopfschmerzen. Ein paar Schürfwunden, Blutergüsse und eine Gehirnerschütterung, sonst bin ich wieder fit."

„Das tat mir so leid, ich habe auch schon eine Benachrichtigung von der Polizei bekommen." Er sagte das mehr beiläufig und wartete keine Antwort ab, sondern meinte: „War das ihr Mann, damals im Krankenhaus?"

Else wusste gar nicht, was sie antworten sollte. Der Mann machte sie wuschig im Kopf.

„Nein, Gott bewahre, das sind meine Mitbewohner und Freunde." Sie musste ihm nicht sofort auf den Leib binden, dass es Elfriedes Haus war und nicht ihres.

Sie fuhren in eine schöne Gegend. Nicht so, wie mit Heinz und seiner alten Karre, die nicht mal eine Klimaanlage hatte.

Sie hielten und er sagte: „Moment bitte."

Dann stieg er aus und umrundete sein Auto.

Else dachte, dass er schaut, ob er einen platten Reifen hat. Nein, er öffnete die Beifahrertür, wie galant.

Sofort kam ihr die Hitze entgegen. Im Auto war es so schön kühl. Da ihr Kleid aus synthetischem Stoff war, fing sie besonders an zu schwitzen. Gottseidank war es nicht so weit zum Restaurant.

Ihre Schuhe drückten. Sie hatte die von Elfriede angezogen. Die passten besser zum Stil ihres Kleides.

Allerdings hatte Else Schuhgröße 38 und das war Größe 37.

Sie ging ein bisschen verkrampft neben diesem gutaussehenden Mann. Er fragte: „Noch Schmerzen durch den Unfall?"

Daran hatte Else gar nicht gedacht, sondern nur, wie sie gleich unter dem Tisch ihre Schuhe ausziehen würde.

„Ja, aber es geht schon, wenn ich mich einhaken darf?" „Es ist mir eine Ehre," kam zur Antwort.

Drinnen sah alles sehr teuer aus. Wir wurden an einen Tisch geführt, der romantisch am Fenster stand. Der Blick in den Garten war wunderschön.

Er bestellte Champagner und ein wenig
Brot.
Else dachte, wieso bestellt er Brot, ich
habe Hunger.
Der Ober verbeugte sich und kam mit
einem Sektkübel zurück. Er öffnete die
Flasche und goss ein. Else hätte den
Champagner auf einmal runtergießen
können. Sie hatte einen Brand. Der Ober
ging und ein anderer Ober kam.
Der brachte warmes Brot, Olivenöl, und
eine kleine Schüssel mit schwarzen Eiern
drin.
Harald nahm ein Stück Brot, träufelte
etwas Olivenöl auf das Brot und legte
diese schwarzen Rogen obendrauf.
Dann hielt er ihr das Brot vor den Mund.
„Darf ich ihnen das Brot mit dem Kaviar
als erstes geben, schöne Frau?"
Else hatte schon mal gehört, dass reiche
Menschen Kaviar essen, aber was war
das nochmal? Schon war das ganze Brot
in ihrem Mund.
Er nahm sich ein zweites Stück Brot,
machte Else es nach und genoss den
Kaviar. Else überlegte, während sie
kaute und würgte:

*‚War Kaviar nicht rohe Fischeier oder so?'*

Im Mund von Else wurde es voller. Sie nahm das Glas und trank den Inhalt des Glases auf einmal leer. Die Eier waren unten.

Sie dachte: *‚Immer noch besser, als die Eier wieder auszuspucken.'*

Er wollte ihr noch eins geben, aber Else hob die Hand, um abzuwehren.

Sie sagte: „Ich mache mich mal eben ein bisschen frisch," stand auf und ging zur Toilette. Er stand aus Höflichkeit mit auf, setzte sich aber gleich wieder.

Else holte erst einmal ihre Zähne raus und spülte sie ab und ihren Mund gleich mit. Diese kleinen Körner setzten sich so unter ihre Prothese.

Dann bemerkte sie Schweißränder am Kleid, unter den Armen. Sie hielt ihre Achseln unter das Gebläse, das eigentlich zum Hände trocknen war. Als sie fertig war, ging sie zurück.

Sie fragte ihn: „Wie alt sind Sie eigentlich?"

„Ich bin 30 x 2 + 5 Verehrteste, und Sie?"

‚*Hä, dachte Else, wie alt ist er jetzt?*‘ Sie verstand nur Bahnhof.

Das bemerkte er und sagte: „Kleiner Scherz. Ich bin 65 Jahre und sie?"

Else lächelte gequält.

„Ich bin 62 Jahre, ohne ‚*Mal*‘ und ohne ‚*Doppelpunkt.*‘

„Wollen wir nicht zum Du übergehen, liebe Else?"

„Sehr gerne, ich bin Else."

„Ich bin Harald." Sie stießen mit ihren Gläsern an, und tranken einen Schluck.

Er beugte sich zu ihr rüber und gab Else einen zärtlichen Kuss, ganz vorsichtig auf ihre Lippen. Else war entzückt.

„Du bist eine begehrenswerte Frau, Else." Sie schmachtete ihn an und meinte: „Ich weiß."

„Du trägst eine wunderschöne Perlenkette," machte er ihr weitere Komplimente.   Das die Perlen nicht echt waren, verschwieg sie lieber.

Stattdessen sagte sie: „Ein Erbstück meiner Mutter."

Das Essen kam und sie speisten in mehreren Gängen und unterhielten sich großartig.

Else hatte sich Hals über Kopf in diesem Mann verliebt. Gegen 23:30 Uhr wollten sie aufbrechen.

Harald hatte immer wieder in ihre Augen geschaut und ihre Hand gehalten. Als der Ober kam und die Rechnung rüberschob, die diskret unter einer Serviette lag, wühlte Harald in seiner Jacke.

Er fand sein Portemonnaie nicht. "Wo hatte ich das nur hingetan, das gibt es doch nicht, Moment."

Er tastete weiter seine Taschen ab, fand aber nichts.

„Else, das ist mir jetzt aber sehr unangenehm, aber vielleicht kannst du mir das eine Mal aushelfen? Du bekommst es morgen sofort wieder?"

„Ja klar," sagte Else etwas enttäuscht und zückte ihre Geldbörse. Als sie die Rechnung von 237,80 Euro las, bekam sie Schnappatmung. So viel Bargeld hatte sie nicht dabei. Also zog sie ihre Kreditkarte und überreichte dem Ober zähneknirschend ihre Karte.

Als sie wieder im Auto waren, nahm
Harald sie ganz lieb in den Arm und gab
ihr einen langen Kuss auf den Mund.
Dann meinte er:
„Es war seit langem der schönste
Abend, den ich hatte. Mit so einer
bemerkenswerten Frau an meiner
Seite."
Wenn die Rechnung nicht wäre, würde
Else das durchaus auch so sehen.
Aber die lag ihr noch im Magen.
Schließlich bekam sie nur eine kleine
Rente.
‚Vielleicht muss sie an ihr Sparbuch ran,
um ihr Konto wieder auszugleichen,'
dachte sie.
Aber Harald wird es ihr beim nächsten
Mal ja zurückgeben, dessen war sie sich
sicher.

# Auf den Hund gekommen.

Oma Thiel konnte gestern Abend nicht mehr auf Else warten. Es war zu spät geworden. Am Morgen war sie umso neugieriger.

Heinz war noch nicht da. Fünf Minuten hatten sie noch.

„Erzähl doch mal, wie war es, Else?"

„Großartig war es, einfach ein toller Mann, Elfriede."

Sie erzähle alles in Kurzform, nur das mit der Rechnung ließ sie weg. Dann kam auch schon Heinz.

Es wurde augenblicklich still in der Küche.

„Morgen," sagte Heinz in die Runde.

„Was steht für heute an, Else?" Sie war verwundert.

„Hatten wir denn was geplant?"

„Ja, unsere Löffelliste, du weißt doch."

Stolz nahm er die Folie ab und zeigte Elfriede sein Tattoo.

Oma Thiel setzte ihre Brille auf und schaute sich das Meisterwerk aus der Nähe an. „Was soll das denn sein, eine Sackkarre?"

Heinz war erbost. „Das ist ein Löffel!" Er rannte zum Spiegel im Flur, und schaute sich seinen Löffel an. ‚*Sah tatsächlich wie eine Sackkarre aus,*' dachte er. Else zeigte ihre kleine Rose am Knöchel. „Oh, die Rose sieht aber schön aus," sagte Elfriede zur ihr. Else ging es richtig gut. Nach dem Frühstück fuhren Else und Heinz nach Köln.

Sie wollten einen ‚*Barfußweg*' erkunden. Das sind verschiedene Untergründe, die man Barfuß geht. In Wirklichkeit wollte Else nur ihre Rose am Fuß zeigen; und Heinz war froh, dass es Else wieder besser ging und etwas mit ihm unternahm. Gestern war sie schon so früh schlafen gegangen.

Oma Thiel machte sich mit ihrem E-Bike auf den Weg zum Hof von Tick-Tack, um frisches Gemüse und Eier zu holen. Sie liebte die Natur. Vorher hielt sie noch schnell am Baggersee.

Ganz in der Nähe vom Hof war ein See,
wo Elfriede immer mit dem alten Brot
die Enten fütterte.
Nur diesmal waren keine Enten zu
sehen. Sie ging ein bisschen weiter und
suchte sie. Sie rief: „Willi, Willi, Willi,"
damit die Enten den Lockruf hörten. Zur
Antwort kam nur ein kleines Fiepen.
Sie folgte dem Laut. Jetzt war alles still.
Oma Thiel wollte gerade umkehren,
weil sie ihr Fahrrad nicht abgeschlossen
hatte, als sie etwas wahrnahm.
An einem Baum war ein kleiner
Hundewelpe mit einer viel zu kurzen
Leine angebunden.
Der Kleine freute sich, war aber sichtlich
erschöpft.
Wir haben 40° Grad und da setzte so ein
Vollhonk einen Hund ohne Wasser aus?
Der Hund wedelte mit dem Schwanz, als
er seine Retterin sah. Es war ein kleiner
Mischling mit struppigem Fell.
Oma Thiel band den Hund los und nahm
ihn auf den Arm. Sie schmiss das alte
Brot ins Wasser und lief, mit dem Hund
auf dem Arm, zum Fahrrad zurück. Da
hatte sie eine Flasche Leitungswasser.

Sie schüttete das Wasser in ihre Hände und er trank alles aus.

Sie setzte den Hund in ihren Korb, in den eigentlich die Lebensmittel vom Hof sollten und fuhr wieder nach Hause.

Zu Hause angekommen, rief sie mich an.

„Hallo Conny, ich habe einen Hund für dich."

„Oh, hallo Oma Thiel, ich möchte gar keinen Hund.

Ich lebe in einer Mietwohnung. Das finde ich nicht so schön, wie ein Haus mit Garten."

Oma Thiel bat mich, etwas für den Hundewelpen zu fressen zu kaufen und ganz schnell zu ihr zu kommen.

Sie erzählte mir, dass der Hund ausgesetzt wurde.

Als ich bei ihr war und der Kleine mich freudig begrüßte, hatte ich Tränen in den Augen. Der sah aus wie *Struppi,* den ich mal auf Mauritius für vier Wochen hatte.

Wir versorgten den Hund und fuhren zum Tierarzt, um den Hund untersuchen zu lassen. Dem Hund ging er gut, ein bisschen unterernährt, aber wir würden ihn schon wieder aufpäppeln.

Wir fuhren zum Fressnapf und kauften alles für den Hund ein: Leine und Halsband. Fressnapf und Liegekissen. Spielzeug und noch so einiges. Ein Hund ist teuer.

Als wir alles erledigt hatten und wir im Garten ein Glas Sekt zu uns nahmen, fragte ich: „Und jetzt?"

„Keine Ahnung, ich weiß es wirklich nicht."

„Ich würde ihn an deiner Stelle behalten und wenn du in den Urlaub willst, nehme ich den Hund zur Pflege," war meine Antwort.

Darauf tranken wir noch einen Sekt.

Als Heinz und Else wiederkamen, wurden sie von dem Hund angebellt.

„Was ist denn hier los?", bollerte Heinz los.

Else wiederum: „Oh, wir sind auf den Hund gekommen, schön."

Als Heinz sich ein Bier aus dem Kühlschrank holte, seine kurze Hose anzog und sich zu uns in den Liegestuhl setzte, kam der Hund angelaufen und sprang ohne Vorwarnung auf seinen Schoss. Heinz streichelte ihn und sagte zu dem Hund:

„Na Struppi, du willst auch ein Bier was?
Wir Männer wissen eben, was gut ist."
Else schaute Heinz das erste Mal mit
anderen Augen an und dachte: ‚Wie
zärtlich Heinz doch war.'
Dann hoben wir alle unsere Gläser,
Heinz seine Bierflasche und stießen auf
‚Struppi' an. Jetzt hatte der Hund auch
einen Namen.
Struppi bellte dazu und wedelte mit
dem Schwanz, er war einverstanden.

# **Z**um Kuckuck

Das mit dem Hund hatte sich schnell
herumgesprochen. Oma Thiel erzählte
Werner davon, der meinte:
„Du hast ein gutes Herz." Ole war
gerade bei ihm, der das genauso sah.
Sieglinde, ihre Nachbarin fand ihn auch
süß und es dauerte nicht lange,

bis Jako, der Graupapagei von Oma Thiel, das Bellen von Struppi nachmachte.

Die zwei verstanden sich gut.

Ole war mit Werners Tochter Kathi zusammen. Das freute vor allem den Nico. Jetzt hatte er wieder einen Papa, der etwas mit ihm unternahm.

Kathi war die Frau fürs Leben, das war Ole klar, er musste zusehen, dass er bald einen neuen Job findet. Dieses Projekt Glückseligkeit geht in die finale Phase.

Als er endlich Feierabend hatte und auf den Hof zu seinem Onkel fuhr, dachte er nach:

*‚Ich kann unmöglich in Kathis Wohnung ziehen, das ist alles viel zu eng. Nico braucht auch seinen Freiraum und sein eigenes Zimmer.‘*

Als er am Hof ankam, kam ihm der Hund freudestrahlend entgegen.

Er war ein großer Streuner, den sein Onkel vor langer Zeit aus dem Tierheim geholt hatte, um seinen Hof zu bewachen. So nannte er ihn auch. Aber Streuner begrüßte auch jeden Einbrecher mit einem wedelnden Schwanz.

Als Schutzhund taugte er nichts.
Streuner bellte und war anders, als
sonst. Ole fragte:
„Na Streuner, was ist los, wo ist Onkel
Thomas? Ja, zeig ihn mir." Der Hund
freute sich und sie gingen ins Haus.
„Onkel Thomas," rief Ole.
In dem Moment schlug es zur vollen
Stunde und alle Kuckucksvögel kamen
auf einmal aus ihren Luken.
Ole ging mit dem Hund wieder raus, weil
ihm das zu laut war. Ole ging zum Stall
rüber.
Der Hund lief voraus. Alles ruhig.
„Onkel Thomas," rief er in die Scheune
hinein, nichts. Er ging wieder zurück ins
Haus. Die Uhren waren wieder ruhig. Im
Schlafzimmer fand er seinen Onkel. Er
schlief schon. Das war selten.
Er war schon heute in der Frühe los.
„Onkel Thomas?"
Ole rüttelte ihn, da rutschte die Hand
lasch vom Bett. Er fühlte seinen Puls,
keinen Puls. Tick- Tack- Thomas ist
friedlich eingeschlafen und zwischen all
seinen Kuckucksuhren gestorben.
Sein Hörgerät war noch angestellt.

Ole rief den Notarzt, und der den
Leichenwagen.

Er versorgte die Tiere im Stall und den
Hund und fuhr danach zu Kathi.

Sie rief ihren Vater an und Werner fuhr
sofort zu Elfriede, um auch ihr die
schlechten Nachrichten zu überbringen.

Alle waren geschockt.

Oma Thiel sagte:

„Ich war gestern noch auf dem Weg zu
ihm, um frisches Gemüse zu holen und
wurde von dem kleinen Hund hier
aufgehalten. Vielleicht sollte das so sein,
das nicht ich ihn tot aufgefunden habe."

Else weinte, weil sie Tick-Tack das letzte
Mal so angeschrien hatte. Im
Nachhinein tat ihr das leid.

Alle waren sich einig, dass sie Ole mit
der Beerdigung helfen würden und auch
den Nachlass zu regeln.

„Was wird denn nun aus dem Hof,"
fragte Elfriede. Werner hob seine
Schultern. „Ich glaube, den erbt Ole.
Tick-Tack Thomas hatte nur ihn, ihr
wisst ja, wie er war, ein Eigenbrötler."

Die Baustelle im Heim musste jetzt zwei,
drei Tage ohne Ole auskommen.

Ole, Kathi, und Nico fuhren am nächsten Tag gemeinsam zum Hof.

Oma Thiel und Else wurden von Heinz gefahren. Er fuhr dann wieder. Er konnte Thomas nichts abgewinnen.

Elfriede fütterte mit Nico die Hühner und sammelte die Eier ein, während Else und Kathi sich im Haus umsahen.

Ole gab dem Hund etwas in seinen Fressnapf.

Der Hund jaulte, er spürte, dass sein Herrchen tot war.

Als Oma Thiel und Nico die Eier eingesammelt hatten gingen sie zum Haus zurück.

Else schauderte, als sie daran dachte das sie mit Tick- Tack Sex hatte. ‚*Gott, war das schlimm,* dachte sie. *Er wollte sie heiraten und wenn er gestorben wäre, hätte sie seine dämlichen Kuckucksuhren geerbt, hatte er gesagt. Wer will schon eine Kuckucksuhr haben?*‘

Nico kam ins Haus gerannt, um seiner Mutter die eingesammelten Eier zu zeigen.

Kathi meinte:

„Großartig, geh noch nach draußen spielen, wir kommen gleich."

In dem Moment gab es wieder eine
volle Stunde und alle Vögel kamen aus
dem Häuschen.

Nico war begeistert. Die anderen
verließen schlagartig den Raum. Sie
versammelten sich draußen. Nico
allerdings nahm sich eine Uhr und
wollte wissen, wo sich der Vogel
versteckt hatte.

Er öffnete mit Gewalt ein Türchen. Er
konnte den Vogel sehen: „Komm raus,
ich habe dich gesehen!", rief er. Nix tat
sich.

„Komm raus!"

Kathi kam wieder rein.

„Nico, was machst du da!", rief sie ihm
zu. Er erschrak, die Uhr fiel herunter und
zerbrach in Einzelteile.

„NICO!", schrie sie ihn jetzt an.

Ole kam rein: „Ist doch nicht so
schlimm, lass doch." Er bückte sich, um
die Uhr aufzuheben. Er legte sie auf den
Tisch und sah etwas glänzen.

Er schaute genauer hin, brach jetzt
selbst das Türchen weiter auf und hatte
einen kleinen Goldbarren in der Hand.

Oma Thiel und Else betraten die Küche.

Sie erstarrten. „Das kann jetzt nicht wahr sein, oder," stutzte Ole und nahm sich die nächste Uhr zur Brust.
Deshalb hatte Thomas die ganzen Kuckucksuhren gesammelt. Er hatte unzählige Goldbarren und Scheine in den Uhren versteckt. Es gab auch eine dicke Standuhr, auch da war so viel Bargeld drin. Alles gebündelt. Das müssen Tausende sein.
Sein Onkel war reich, nicht arm. Else dachte: ‚Und ich hätte das alles geerbt, ich blöde Kuh.‘
Auf der Beerdigung seines Onkels Thomas nahm er die kleinste Uhr mit und legte sie dankbar ins Grab. Er stand vor dem Grab und sagte: „Danke Onkel Thomas, nein, danke Tick-Tack."
Bei der Testamentseröffnung wurde eröffnet, dass Ole den Hof mit allem, was dazu gehört, geerbt hat.

So eine Beerdigung ist schon traurig.
Tick-Tack Thomas war sehr beliebt.
Er war immer der freundliche Bauer von nebenan.

Alle sagten: ‚*Tschüss Tick- Tack*. Keiner
sagte *Thomas.*‘
Was wird denn nun aus dem Hof und
den Tieren?
Die ganzen Beete mit dem frischen
Gemüse und seinen Apfelbäumen?
Das Grundstück war riesig.
Geldsorgen hatte Ole jetzt nicht mehr.
Er hatte genug. Aber er ist Architekt,
kein Bauer.
Es wurde für kommenden Samstag eine
Familientagung beschlossen. Seine neue
Familie war gewachsen. Dazu gehörten:
Oma Thiel, Werner, Kathi und Nico und
auch Heinz und Else. Sogar ich hatte
einen kleinen Platz bei ihm.
Aber vorher war noch der
Fallschirmsprung von Heinz und Else
dran. Else wollte den Sprung jetzt für
Tick- Tack machen, um ihm ein paar
Meter näher zu sein. Sie wollte sich
entschuldigen für das, was vorgefallen
war. Und Heinz wollte in ein neues
Leben mit Else springen, na dann.

# Sesam, öffne dich.

Leider gab es kein schlechtes Wetter. So
fand der Fallschirmsprung für Else und
Heinz statt.
Oma Thiel verstand nicht, warum sich
die Beiden noch so etwas antun
müssen. Barfußweg ist okay, aber gleich
das Leben nehmen, weil es auf der
Löffelliste stand? Das verstand sie nicht.
Wir hatten uns Essen eingepackt und
Struppi mitgenommen. Der durfte nicht
fehlen.
Else hatte ein klein bisschen Bammel.
Heinz hatte Durchfall, sagte es aber
keinem.
Else wurde von einem schnuckeligen
dreißig jährigen jungen Mann
eingewiesen, mit dem sie überall
rausspringen würde, wie sie ihm
versicherte.
Heinz bekam von den Einweisungen
nicht so viel mit, weil ihn sein Darm
verließ und er ständig aufs Klo musste.

Sie gingen gut gelaunt, in voller Montur auf ein Flugzeug zu, bei dem die Tür kaputt war. Sie sahen aus, wie bei dem Film, Top Gun.

Das Flugzeug sah aus, wie aus dem Krieg. Oma Thiel lachte und meinte: „Vom Alter her passt das schon mal ganz gut, ha, ha."

Ich lachte auch, Werner auch. Heinz und Else nicht. Else sagte etwas, was aber keiner verstand, weil die Motoren schon auf Hochtouren liefen.

Die Maschine hob ab.

Die Tür wurde doch noch verschlossen.

Als sie zehn Meter hoch waren, sagte Heinz: „Noch höher?"

Die Männer, an denen sie hingen, lachten.

Der Rucksackmann von Else zeigte ihr immer seine Armbanduhr. Die Uhrzeit interessierte sie im Moment weniger. Dann schrie er: „Bei dreitausend geht es raus."

„Drei, was?", schrie Heinz.

Er sollte aus dreitausend Meter da runterspringen?

Heinz hyperventilierte. Else flirtete mit ihrem Rucksackmann.

Dann zeigte er auf seine blöde Armbanduhr. ‚Hat er keine Uhrzeit, oder warum zeigt er mir immer diese blöde Uhr.‘ dachte Else. Dass die Uhr ein Höhenmesser war, wusste Else nicht.

Einer der Insassen öffnete die Tür. Ein riesiger Luftzug kam rein.

Heinz schrie: „Sie können doch jetzt nicht die Tür aufmachen, wir sind doch viel zu weit oben. Da könnte jemand rausfallen!"

„Eben, darum ja," schrie der Mann zurück, „wir müssen raus!"

„Wieso, ist die Maschine kaputt?" Heinz ging es gar nicht gut.

Else rutschte an die Tür und sah erst jetzt, dass sie gar nichts mehr erkannte. Sie schrie ihren Rucksackmann an: „Wieso ist das denn alles so klein da unten, hi, hi?"

„Weil wir uns jetzt aus dreitausend Meter runterstürzen!"

„WAS???" Schon fielen sie wie ein Stein nach unten.

Die Haut von Else hätte man durchaus oben im Flugzeug abholen können.

Jetzt merkt man mal, wie die Haut in den Jahren erschlafft.

Sie dachte an ihre Zähne: ‚Oh Gott, kurzerhand nahm sie die raus und gab sie ihrem Rucksackmann in die Hand. Er hatte schließlich beide Hände dafür ausgebreitet.

Für Else sah das so aus, als wenn sie sie ihm die geben sollte, damit sie nicht separat runterfliegen.

Sie hörte hinter sich komische Würgegeräusche. ‚Wo blieb denn Heinz?‘, dachte Else.

Heinz stemmte sich mit aller Kraft gegen den Rahmen der Öffnung, er wollte nicht mehr springen. Nie im Leben wollte er da runterspringen.

„Ist ja schon gut,“ sagte sein Rucksackmann, „dann springe ich eben allein und Sie fliegen mit dem Flugzeug wieder runter, okay?“

Erleichtert ließ Heinz den Türrahmen los. Da er aber mit den Beinen am Ausgang saß, und sie schon runterbaumelten, gab der Rucksackmann sich einen kleinen Ruck und schon fielen, nein, rauschten sie nach unten. Man hörte nur noch: „HILFEEEEE!“, von Heinz.

Bei Else wurde nach dreißig Sekunden die Reißleine gezogen und es ging ruckartig nach oben.

Sie dachte: *‚Och, war das alles, geht's jetzt wieder ins Flugzeug?'*

Heinz hat nur gebetet: „Sesam öffne dich, Sesam öffne dich doch endlich, scheiße, gehe endlich auf!"

Dann zog auch sein Hintermann die Reißleine und sie schossen wieder nach oben.

Von unten sah das alles schon spektakulär aus.

Die beiden glitten wie in einem Sommertraum durch die Lüfte.

Da Else als erstes unten ankam, streckte sie ihre Beine und landete auf dem Po, so wie sie es vorher gelernt hatte. Dann meinte sie:

„Meime Täne bitte."

Der hielt seine Tasche auf und sagte:

„Holen Sie sich die bitte selbst raus, ich habe eh schon gekotzt."

Als die Zähne drin waren:

„Hat Spaß gemacht, haben sie heute Abend schon was vor?" Else war eben gut drauf. Angewidert schaute er sie an.

Da fiel auch schon Heinz zu Boden, er hatte seine Beine nicht gestreckt, sondern angezogen, wie ein Fötus.
Beide landeten auf dem Bauch.
Sozusagen, eine Bruchlandung.
Wir mussten alle lachen. Das sah aber auch komisch aus. Dann pöbelte Heinz seinen Hintermann an. „Machen sie mich los, fassen sie mich nicht an.
Gehen sie runter von mir, Hände weg!"
Ja, auch so konnte Heinz sein.
‚Wieder etwas von der Löffelliste, was wir streichen konnten. Fängt an, Spaß zu machen,‘ träumte Else und sagte laut:
„War schön bei dir Tick-Tack und sorry nochmal." Dabei schaute sie nach oben, und hielt den Daumen hoch.
So hatte sie sich auf ihre Weise von Tick-Tack-Thomas verabschiedet.
Dann ging sie lachend auf die anderen zu.

# Den nehme ich

Es war eine Woche vergangen, als sie Harald das letzte Mal gesehen hatte.
Jetzt war es wieder so weit. Er hatte sich mit ihr verabredet und hatte eine Überraschung für Else geplant. Sie solle doch diesmal etwas saloppes anziehen.
Er würde sie um 14:00 Uhr von zu Hause abholen.
Heute war es etwas einfacher, das Heinz nichts mitbekam, denn sie ging schon zehn Minuten eher raus und wartete ein bisschen weiter weg vom Wohnort.
Heinz legte sich nach dem üppigen Essen immer eine Stunde aufs Ohr.
*,Ich weiß auch nicht, warum ich so viel Rücksicht auf Heinz nehme.*
*Er ist immer so aufbrausend, wenn andere Männer mein Leben kreuzen',*
dachte Else.
Drei Minuten vor der Zeit kam er mit seinem grünen Jaguar.
Wieder sprang er aus dem Wagen und öffnete die Beifahrertür.

Diesmal trug er keinen Anzug, sondern eine Jeans und ein Hemd von Camp David. Dazu trug er Sneakers. Eine Sonnenbrille steckte oben in seinem Haar.

Er begrüßte sie mit einem liebevollen Kuss. Else war hin und weg.

Schon die leichte Berührung der Oberarme mit seinen Händen, machte sie süchtig, nach mehr.

Im Auto gab er ihr sofort einen Umschlag mit der Bemerkung: „Bevor ich es vergesse. Das Geld, das du für das Essen vorgestreckt hast, bitte schön. Soll nicht wieder vorkommen."

Else war erleichtert, dass sich dieses Problem gelöst hatte, denn es war doch immer wieder in ihren Gedanken.

Sie öffnete den Umschlag und fand drei Hundert Euro Scheine.

„Das ist doch viel zu viel Harald."

„Nimm es als Zinsen und gut jetzt. Steck es weg und freu dich, dass wir etwas zusammen unternehmen. Ich hatte mich schon so sehr auf heute gefreut, Liebste."

*‚Er ist soooo süß,'* dachte Else völlig verliebt.

Sie fuhren eine halbe Stunde, als der
Wagen an einer Böschung hielt.
Wieder sprang er aus dem Auto, wie ein
junger Hüpfer und hielt Else die Tür auf.
Dann öffnete er den Kofferraum und
holte eine Decke und einen Picknickkorb
heraus.
„Ein Picknick, wie originell," hauchte sie
ihm zu.
Als sie die Böschung überwunden
hatten und Else nur noch keuchte,
wurde sie von einem atemberaubenden
Ausblick überrascht.
Vor ihr breitete sich ein wunderschöner
See aus, auf dem Segelboote den
Horizont schmückten. Ein Glitzern
schimmerte über dem See.
Harald breitete die Decke aus, und holte
sogar noch ein kleines Kissen für Else
raus. Im Korb waren Hähnchenkeulen,
Frikadellen und Salat.
Eine Flasche Sekt mit zwei Sektgläsern
rundeten das ganze Ambiente ab.
Endlich mal alles, was Else so gerne
essen mag.
Er fütterte sie mit Weintrauben und
Erdbeeren. Sie kicherten wie Teenager.
Ein toller Tag.

Als sie genug geturtelt hatten, und Else wirklich dachte, sie wäre 17 Jahre, hatte er noch eine Überraschung für sie.

Er brachte den Korb und die Decke ins Auto. Danach gingen sie Hand in Hand zum Bootshaus und er mietete ein Ruderboot.

Er ruderte und Else dachte: ‚Es ist alles wie im Traum hier, einfach nur schön.‘

Eine ganze Weile weiter, sie waren mitten auf dem See, schaute Harald verträumt über das Wasser.

*Kleine Anmerkung:*

*Wenn eine Frau merkt, dass ihr Gegenüber in Gedanken versunken ist, will sie sofort eins.*

„An was denkst du, Liebster?", wollte sie deshalb wissen.

„Ach nichts, schon gut, lass uns diesen Tag genießen." Er schaute sie an und hatte glasige Augen.

Dann meinte er: „Weißt du eigentlich, was für eine großartige Frau du bist? Wenn wir uns nicht erst so kurz kennen würden, würde ich dich sofort heiraten."

Dann schaute er wieder aufs Wasser
und Else sah eine Träne über seine
Wange kullern.

„Was ist denn los, Liebster, rede doch
mit mir, bitte. Kann ich dir helfen?"

„Keiner kann mir noch helfen, aber
egal."

Else wurde ungeduldig.

„Wenn du nicht mit mir reden willst,
kann ich dir auch nicht helfen."

Damit war das Thema für Else erst
einmal erledigt. Dann, nach circa drei
Sekunden brach es aus ihm heraus.

„Es wird wohl heute unser letzter Tag
sein, liebste Ilse."

„Else, nicht Ilse," korrigierte sie Harald.
Der meinte: „Habe ich doch gesagt, ich
werde doch wohl wissen, wie die Frau
heißt, die ich liebe?"

Jetzt war Else baff. Das war ein richtiger
Paukenschlag für Else, er liebte sie.

`Oh wie schön`,' dachte sie.

„Ich liebe dich doch auch.
Nun erzähl schon, wo drückt der Schuh,"
bohrte Else weiter.

„Ich bin ein wenig in die Schieflage
geraten und habe Ärger bekommen.

Ich muss in drei Tagen 50.000 Euro zurückzahlen, sonst hacken sie mir jeden weiteren Tag einen Finger ab."
Else stockte der Atem, „50.000 Euro und wer hackt dir täglich einen Finger ab?"
Er erzählte Else, dass seine italienische Frau vor längerer Zeit sehr krank war und er sich von ihrer Familie Geld für die OP in Amerika geliehen hatte. Seine damalige Frau hatte die OP nicht überstanden, deshalb sei er Witwer. Er hatte nie wieder eine Frau nur angesehen, bis…..ja bis Else ihm vor das Auto lief. Die Familie gäbe ihm die Schuld, er hätte nicht genug getan und nun wollen sie ihr Geld wiederhaben.
„Mein Geld ist aber noch angelegt, da komme ich erst in vier Wochen ran. Ich habe es sofort aufgelöst. Das ist ein amerikanischer Fond. Bis dahin habe ich keine Finger mehr. Mafia, du verstehst?"
Else holte erst einmal tief Luft.
Im Grunde genommen verstand sie gar nichts. Mafia kannte sie nur aus dem Fernsehen.
Else überlegte: ,*Das Geld vom Essen, hatte er ihr ja auch wiedergegeben,*

*sogar mit Zinsen.'* Deshalb fragte sie nochmal nach: „Was gibt dein Fond denn so ab?" „60.000 Euro, wenn du mir da vielleicht helfen könntest, würdest du das Geld selbstverständlich auch mit Zinsen zurückbekommen. Das wären dann 55.000 Euro für vier Wochen. Danach würden wir von dem Rest in den Urlaub fliegen, irgendwo hin, wo wir beide allein wären und uns besser kennenlernen würden."

Else vertraute ihm.

*‚Außerdem mit Harald in den Urlaub zu fliegen, wäre zu schön.'*

Dann schoss sie, wie aus der Pistole nach vorne und meinte: „Ich gebe dir das Geld, ich leihe es dir. Ich gehe an meine eiserne Reserve und leihe dir das Geld. Was nützt mir ein Mann ohne Finger!"

Harald schaute ihr tief in die Augen und meinte: „Wirklich, das würdest du für mich tun? Du bist die Größte. Ich liebe dich Else, du bist meine Retterin und eine wundervolle Frau. Danke."

„Ist schon gut," winkte sie ab.

„Gib mir deine Bankverbindung, dann mache ich morgen die Überweisung

fertig; und jetzt küss mich endlich,"
sagte sie voller Freude.

Er lehnte sich nach vorne, dann hielt er
inne.

„Liebste, das ist die Mafia, die wollen
nur Bargeld sehen. Aber ich fahre dich
morgen zur Bank, ja?"

„Oh, okay. Dann muss ich aber heute
noch anrufen, damit das bis morgen
funktioniert."

„Ich wollte soundso gerade
zurückrudern. Ach ja, erzähl es aber
nicht deinen Mitbewohnern, sonst stehe
ich in schlechtem Licht da. Das wäre
blöd."

Er wartete keine Antwort ab, sondern
küsste sie....

*F*ängt beides mit H.an.

Else kam zur Tür herein und dachte, sie
musste schnell ihre Sparkasse anrufen,

damit das mit dem Geld morgen über die Bühne geht.

Heinz kam ihr entgegen: „Wo warst du denn?", fragte er besorgt.

„Sparzieren, warum fragst du?"

„Du gehst doch nie sparzieren, dafür bist du doch viel zu faul. Erzähl schon, wo warst du wirklich?", drängte Heinz weiter.

Else fühlte sich unbehaglich. Sie mochte es nicht, von Heinz bedrängt zu werden. Deshalb meinte sie: „Ich bin dir doch keine Rechenschaft schuldig. Aber wenn du es genau wissen willst, ich war am See zum Picknick." Heinz starrte sie fassungslos an.

„Mit einem anderen Mann?" Er war sichtlich enttäuscht. Deshalb fragte er auch nicht mehr, mit wem sie da war, denn Tick-Tack war tot. Blieb nur noch dieser Harald.

Traurig verließ er den Raum und ging in den Garten, erst einmal eine Zigarre rauchen. Beim Inhalieren des Qualmes füllten sich seine Augen mit Tränen.

Das Abendbrot verlief ohne Heinz.

Er hatte keinen Appetit. Er ließ sich entschuldigen.

Else aß auch kaum etwas. Oma Thiel
fragte besorgt nach: „Habt ihr euch
gestritten?"

„Nein, eigentlich nicht, du weiß ja, wie
er ist," kam ein bisschen traurig über
ihre Lippen.

Elfriede fragte: „Möchtest du darüber
sprechen?"

Else schüttelte den Kopf. Sie stand auf
und meinte: „Entschuldige bitte, aber
ich lege mich hin."

Mit diesen Worten verließ sie die Küche
und ging in ihr Zimmer.

Else war glücklich und wieder nicht.

*‚Wenn nur das Geld nicht zwischen uns
stehen würde,‘* dachte sie.

Die Nacht hatte sie sehr unruhig
geschlafen. Sie hatte noch kurz bevor
die Sparkasse schloss, mit Herrn
Böhmermann, dem Filialleiter
gesprochen und um ihr Erspartes
gebeten. Er gab ihr zur Antwort, dass sie
eine so hohe Summe erst in zwei Tagen
holen könnte. Das wäre eine größere
Auszahlung, da bräuchten sie eine
Vorlaufzeit. Harald konnte sie an dem
Abend nicht mehr erreichen, um ihm
das mitzuteilen.

Der nächste Morgen, um 09:00 Uhr. Alle hatten sich gerade zum Frühstück zusammengesetzt, als es an der Tür klingelte. Heinz ging zur Tür, was außergewöhnlich war. Harald stand vor der Tür und wollte Else abholen.

Heinz hatte nicht einmal guten Tag gesagt. Er ging in die Küche und Harald folgte ihm einfach.

Else stand sofort auf, als sie ihn sah. „Guten Morgen Liebste," sagte er hingebungsvoll und wollte ihr zur Begrüßung einen Kuss geben. Else drehte den Kopf zur Seite und der Kuss landete auf der Wange. Heinz nahm seinen Kaffeebecher und ging in den Garten, ohne ein Wort zu sagen.

Oma Thiel schaute ihm hinterher.

Sie wusste, dass er traurig war, dass Else sich nicht für ihn entschieden hatte. Er tat ihr leid. Elfriede stand auf und nahm die Hand, die ihr entgegengestreckt wurde, mit einem „guten Morgen."

Else stellte ihn als Harald Schmitt vor. Else stotterte ein bisschen herum. „Du bist aber früh heute."

„Wir hatten doch etwas vor, Liebste," kam freundlich zurück. Oma Thiel dachte: ‚*Der schleimt mir eine Spur zu viel. Was will so ein Kerl mit unserer Else? Der ist gute dreißig Jahre jünger als sie, komisch.*'

Else zog ihn in den Flur und flüsterte ihm zu: „Ich hatte dich noch versucht anzurufen. Das funktioniert heute nicht, sondern erst morgen. Die brauchen eine Vorlaufzeit oder so. Aber wir können gerne etwas unternehmen heute, ich hätte Zeit."

Oma Thiel versuchte so gut zu lauschen, wie es ging, konnte aber nur Bruchstücke verstehen wie: Vorlaufzeit und Unternehmen.

Harald entgegnete Else:

„Dann sehen wir uns morgen. Ich hatte ihnen schon gesagt, dass sie das Geld heute bekommen. Das muss ich erst noch klären. Du weißt ja, FINGER."

Dabei schnitt er mit der Handkante über die Finger. „Schade," sagte sie jetzt etwas lauter. Harald rief noch: „Tschüss" in die Küche und gab Else einen Kuss auf die Wange. Dann verließ er das Haus.

„Hatte er doch keine Zeit?", fragte Elfriede ihre Mitbewohnerin.

„Wir hatten uns im Tag geirrt, wir waren erst für Morgen verabredet," schwindelte sie ihre Freundin an.

Else räumte ihre Frühstücksachen weg. Sie hatte keinen Appetit mehr. In der Nähe der Kaffeemaschine sah sie einen Brief, der hochkant stand, so dass er nicht sofort ins Auge fiel. Es stand Else drauf. Sie öffnete den Brief und fand einen Gutschein für einen Tanzkurs *,Tango',* der am kommenden Freitag stattfinden sollte.

Dabei stand ein Text: „Damit du mir immer auf die Füße treten kannst, wenn ich mal nicht so kann, wie du willst, Heinz."

Else verschwand ohne ein weiteres Wort aus der Küche. Elfriede rief noch hinter ihr her. „Was ist denn los Else?" Else verschloss ihre Zimmertür und weinte seit vielen Jahren das erste Mal richtig heftig. Sie stellte sich die Frage: *,Mache ich das richtige, oder spielt Harald nur mit mir. Ich liebe ihn doch so sehr. Er liebt mich auch, das spürt eine Frau doch.'*

Oma Thiel rief mich an: „Hallo Conny, ich bin es. Was heißt Vorlaufzeit?"

„Guten Morgen Oma Thiel," antwortete
ich. Ich war es schon gewohnt, dass sie
immer mit der Tür ins Haus fiel.
„Im welchem Zusammenhang denn?"
Oma Thiel erzählte mir alles, was sie
wusste. Dann kam als Antwort von mir:
„Geld, der will Geld. Wenn du eine
größere Summe von der Bank holst,
brauchen die eine gewisse Vorlaufzeit.
Hat Else denn überhaupt Geld?"
„Ich weiß nur, dass sie eine eiserne
Reserve hat. Ob sie die noch hat, keine
Ahnung," gab Oma Thiel überlegend
zurück.
„Pass mal auf, ich habe einen Plan.
Heute ist ‚Mädels Abend.' Else, du und
ich."
Oma Thiel war einverstanden und wir
legten auf.
Else verkroch sich den ganzen Tag in
ihrem Zimmer. Von Heinz war auch
nichts zu sehen. Werner hatte Elfriede
für heute abgesagt. Dann bereitete sie
eine kalte Platte für den Abend vor. Sekt
war schon kaltgestellt.
Als ich am frühen Abend kam, war von
Else immer noch nichts zu sehen.
Elfriede klopfte leise an ihrer Zimmertür.

Nichts. Dann noch mal, immer noch
nichts.

Sie öffnete die Tür, weil sie dachte, ihre
Freundin schläft. Else war gar nicht da.
Das Zimmer war leer. Oma Thiel rief
mich nach oben.

„Else ist nicht da," sagte sie ganz traurig.

„Ja super, dann können wir ein bisschen
herumschnüffeln, ob irgendetwas
verdächtiges zu sehen ist."

„Das mache ich nicht," kam prompt zur
Antwort. Zeitgleich öffnete sie den Brief
von Heinz, und las ihn.

„Wie süß, ich denke, Heinz mag Else."

Ich schaute auf und fragte: „Wusstest
du das nicht, das Heinz in Else verliebt
ist?"

„Ehrlich, und warum nimmt sie dann
Harald?"

„Deshalb machen die beiden doch die
Löffelliste, damit Heinz in ihrer Nähe
sein kann," gab ich zum Besten.

Dabei öffnete ich ihren PC.

Eine Seite war noch geöffnet. ‚MAFIA'

„Was hat Else denn mit der Mafia zu
tun?", fragte ich. Ein Fragezeichen
zeichnete sich in Oma Thiels Gesicht ab.

„Mafia? Du machst mir Angst, Conny."

Weil es im Zimmer warm war, wedelte sich Oma Thiel mit einem roten kleinen Buch Luft zu.

„Was hast du denn da?", fragte ich nach. „Mir ist so heiß."

„In deiner Hand." Jetzt sah Oma Thiel, dass sie sich mit Elses Sparbuch Luft zu fächerte. Neugierig blätterten wir im Buch. 48.500 Euro waren drauf.

Wir schauten uns an und wussten eins; Else fällt auf einen Betrüger rein.

„Was machen wir denn jetzt," fragte mich Oma Thiel mit ihren Sorgenfalten.

„Wenn der von der Mafia ist, können wir gar nichts machen," sagte ich nachdenklich. Lass uns erst einmal aus ihrem Zimmer verschwinden. Nicht, dass man uns noch entdeckt."

Als wir in der Küche saßen, tranken wir einen Sekt und überlegten, wie wir Else helfen konnten. Vor allem mussten wir erst einmal wissen, wo sie war.

„Kann ich mal an deinen PC?"

„Klar," kam zur Antwort.

Ich gab ein, was wir alles wussten. Den Namen, das Alter stimmte bestimmt nicht, der war noch jünger.

Das Nummernschild hatte sich Elfriede gemerkt, als sie den Beiden hinterher schaute. „Arbeitsmäßig," erzählte Else, „wäre er Notar." Ich hackte in den Computer, was das Zeug hielt. Dann kam Heinz in die Küche, mit den Worten: „Ich bin gleich wieder weg, keine Sorge."

„Heinz, nun sei nicht albern," sagte Oma Thiel zu ihm. „Wir wissen von dir und Else Bescheid. Die ist gerade in Schwierigkeiten."

*,Super, Oma Thiel hat alle Geheimnisse innerhalb von zehn Sekunden rausgehauen, prima,'* dachte ich.

„Else ist in Schwierigkeiten?", kam natürlich zurück.

„Oma Thiel," ermahnte ich sie. „Erzähl doch gleich alles!" Das meinte ich allerdings vollkommen ironisch.

Oma Thiel allerdings kam der Aufforderung nach und erzählte Heinz alles, was wir wussten. Ich verdrehte nur die Augen und dachte: *,Na großartig, jetzt haben wir noch einen liebeshungrigen Wolf dabei.'*

Heinz war so wütend, dass er glatt ein Wasserglas zu Boden schmiss, mit den Worten: „Dem poliere ich die Fresse, ob Mafia oder nicht. Keiner kommt meiner Else zu nah!"

„Heinz," sagte ich, „wir müssen mit Köpfchen an die Sache rangehen. Bleib ruhig, du kannst ihn später immer noch in die Mangel nehmen. Jetzt müssen wir erst einmal einen Plan haben, damit Else ihm morgen das Geld nicht gibt. Dann bist du ihr Retter, verstanden?" Ich erzählte es ihm so, dass er die Hauptarbeit macht.

Ich rief einen Freund von mir an. Der war mir noch einen Gefallen schuldig. Er arbeite bei der Polizei. Ich gab ihm das Nummernschild durch.

Auf den Namen Harald Schmitt war kein Auto angemeldet. Der Wagen läuft auf Dorothea Hinz. Sie hatte ihrem Freund den Wagen geliehen, der aber sei seit einer Woche damit verschwunden. Ich fragte nur: „Wie alt?"

„Eine betagte alte Dame von 86 Jahren." Der Wagen gehörte ihrem verstorbenen Mann. Sie konnte sich noch nicht davon trennen. Mehr brauchte ich gar nicht zu wissen.

Die Tür ging auf und Else kam herein.
„Huch, was ist denn hier los, Versammlung?" Heinz wollte gerade lospoltern, als er mich sah. Ich legte den Finger auf die Lippen, damit er schwieg. Else sah Heinz: „Hallo Heinz." Sie verschluckte sich fast bei den Worten. Oma Thiel nickte ihm zu.
„Hallo Else, schön, dass du wieder da bist." „Ich war am See, den Kopf freibekommen.", gab sie ehrlich zur Antwort.
Der Abend verlief ruhig. Wir Frauen schauten uns eine Liebesschnulze an. Else weinte, wir nicht. Als ich zu Hause war, bin ich an meine alten Unterlagen gegangen, in denen ich noch Spielgeld hatte, was täuschend echt aussah.
Ich hatte es mal für frühere Seminar zu Übungszwecken gekauft. Wenn man genauer hinsah, fiel schon auf, dass es nicht echt war. Ich steckte ca. 20.000 Euro in ein Kuvert und darunter legte ich klein geschnittenes Zeitungspapier. Ich wusste noch nicht wofür, aber ich wollte für alle Fälle gewappnet sein.
Ich weiß nicht warum, aber ich hatte kein Auge zugemacht.

Das Telefon klingelte. Dran war Oma
Thiel. Ohne Umschweife kam sie zum
Punkt. „Er hat sie abgeholt, dieses
Schwein und sie hat ihr Sparbuch
mitgenommen. Ich habe extra
nachgeschaut."
„Wo ist Heinz?", kam meine Frage.
„Weg, er war nicht einmal beim
Frühstück. Sein Auto war auch weg."
*Hoffentlich macht er keinen Unsinn,'*
dachte ich.
Oma Thiel radelte mit ihrem E-Bike wie
eine Wahnsinnige zur Sparkasse. Ich
fuhr mit dem Auto auch sofort dorthin.

Harald begrüßte Else mit den Worten:
„Einen wunderschönen guten Morgen.
Was soll ich ins Navi eingeben, Liebste?"
„Happy End," kam zur Antwort. Er lachte
gekünstelt.
„Du bist immer so lustig und gut drauf,
einfach eine großartige Frau. Straße?"
„Du wirkst heute so angespannt,
Liebster?", sagte Else beunruhigt.

„Ich möchte nur die Mafia aus dem Kopf haben, damit ich nur noch Zeit für dich habe Liebste."

„Liebigstraße, ich zeige dir wie du da hinkommst," schwärmte Else.

Als sie dort waren, meinte Harald: „Hier ist so schlecht zu parken, ich warte im Auto, dann brauchst du nicht so weit zu laufen."

„Okay, ich beeile mich." Schon stieg sie aus. Sie wurde von Herrn Böhmermann herzlich begrüßt.

„Guten Tag Frau Schmidt, geht es Ihnen gut?"

„Ja," kam die kurze Antwort zurück.

„Warum möchten sie denn alles abheben, Frau Schmidt? Vielleicht können wir vorrübergehend mit einem Kredit aushelfen. Sie haben Sicherheiten. Ich kann ihnen da etwas anbieten....."

Weiter kam Herr Böhmermann nicht. Else sagte: „Moment bitte, ich frage nach." Dann war sie weg.

Sie ging für ihre Verhältnisse schnell zum Auto und fragte: „Soll ich einen Kredit aufnehmen?"

„WAS? Du hast das Geld immer noch nicht?". Harald wurde sichtlich nervös.
Elfriede kam an, sah den grünen Jaguar, klopfte an die Scheibe und rief: Juhuuu."
Die Scheibe wurde heruntergelassen.
Weiter meinte sie: „Na, ihr zwei Turteltäubchen, was macht ihr denn hier?"
Harald explodierte förmlich und meinte: „Entschuldigung, aber wir haben im Moment keine Zeit, gerne später:"
Ich kam jetzt auch bei der Sparkasse an.
Bis ich einen Parkplatz gefunden hatte, ganz fürchterlich. Else stieg wieder aus und ging rein. Oma Thiel sah mich und schüttelte den Kopf, was heißen soll.
,Das bekommen wir nie allein hin.'
Ich klopfte an die Scheibe.
Völlig entnervt ging zum zweiten Mal die Scheibe runter: „Bitte, was wollen sie!" keifte mich der junge Mann an.
„Sind sie Herr Harald Schmitt?"
„Wer will das Wissen?" polterte er zurück.
„Ich habe hier einen Umschlag, den ich ihnen geben soll.
Er schaute in den Umschlag und schon hellte sich seine Miene auf.

131

Ich versuchte noch zu sagen: „Schöne Grüße von Else."

Er startete seinen Wagen, und wollte sich gerade aus dem Staub machen, als ihm ein uraltes Fahrzeug rückwärts ins Auto fuhr. Dann fuhr das Fahrzeug wieder vor.

Erneut sah Harald die Rücklampen von dem Fahrzeug vor ihm, da knallte es erneut.

Der alte Mann im vorderen Wagen stieg aus, ging auf den Hintermann zu und meinte: „Oh, das tut mir so leid, ich habe den Rückwärtsgang mit dem ersten Gang verwechselt, wie ungeschickt von mir."

Menschentrauben bildeten sich. Viele schüttelten den Kopf. Es war das Auto von Heinz, das jetzt hinten kaputt war. Oma Thiel und ich sahen uns verwirrt an. Heinz meinte: „Ich rufe sofort die Polizei."

Harald erwiderte: „Ist schon gut, das kann ja mal passieren. Wir regeln das so." Else kam mit dem Kuvert nach draußen. Der Kredit hätte erst beantragt werden müssen und das hätte gedauert, also hob sie kurzentschlossen alles von

ihrem Sparbuch ab und überzog ihr
Konto bis auf den letzten Heller.

„Was ist denn hier los?" Sie sah den
Unfall. „Harald, was ist passiert?"

Da kam Heinz auf Else zu und sagte
aufgebracht: „Ach, du kennst diesen
Herrn? Dann frage ihn mal, wo er seinen
Führerschein gemacht hat. Der ist mir
hinten, ins Auto gefahren!"

„Ich bin was?" fragte Harald verdattert
zurück.

Sirenen kamen näher. Die Polizei, dein
Freund und Helfer. Oma Thiel und ich
wussten sofort, was zu tun war.

Ich meinte zu einem der Polizisten: „Der
grüne Jaguar ist dem alten Mercedes
hinten aufs Auto gefahren." Oma Thiel,
meinte noch hinzuzufügen: „Das stimmt
junger Mann, der Mann war mit einem
Umschlag beschäftigt, aus dem er Geld
gezogen hat."

Der Polizist stutzte. Else allerdings auch.
Sie hatte ihren Umschlag doch noch in
der Hand. Und schaute darauf.

Der nette Polizist meinte: „Darf ich den
Umschlag mal sehen?", an Harald
gerichtet.

Else aber dachte, sie ist gemeint und gab dem Polizisten ihren Umschlag, mit den 50.000 Euro. Dann sprudelte es aus Else raus. Tun sie ihm nichts, er kann doch nichts dafür, dass seine Frau bei der OP gestorben ist. Wenn er die 50.000 Euro nicht an die Mafia bezahlt, schneiden sie ihm doch jeden Tag einen Finger ab. Also lassen sie den Mann in Ruhe!"

Heinz trat neben Else und fragte: „Und das glaubst du alles wirklich, oder?"

Die netten Herren in ihren Uniformen zogen die Augenbrauen hoch und meinten: „Eine sehr interessante Geschichte, die können sie gerne auf dem Revier erzählen."

Die Handschellen schlossen sich um die Handgelenke von Harald.

Else schrie: „Was ist denn nun mit meinem Geld. Willst du es nicht mehr? Was ist mit unserem Happy End?" Else weinte.

Ihre Freundin hielt sie fest.

Harald rief: „Die Alte ist verwirrt, das habe ich nie gesagt: „Ich bin ein unbescholtener Bürger, ich habe Rechte. Machen sie mich los."

Ich ging zu Else und meinte: „Komm, wir bringen dein Geld zurück, er hat das Geld schon von anderen Frauen bekommen."

„Wieso anderen Frauen?"

„Harald ist nicht sein richtiger Name, er heißt Alexander Grieß und er ist ein: *Heiratsschwindler.*"

Welch eine Ironie, es fängt beides mit H. an: *‚Happy End oder Heiratsschwindler.'*

Dann fiel Else Heinz in die Arme und heulte, wie ein kleines Kind. Er konnte damit gar nicht umgehen.

Else schluchzte: „Machst du mit mir noch den Tangokurs in der Tanzschule?"

„Klar, mache ich das, aber vorher wollte ich noch wissen: Was gibt es heute zu essen?" Alle lachten, nur Else war sehr nachdenklich. Das ausgerechnet ihr so etwas passieren würde. Sie hatte gedacht, er meinte es ehrlich mit ihr. Wo sie doch so gut aussieht, für ihre 80 Jahre.

# Sonnenschein

Es war Samstag. Das große Treffen aller
Familienmitglieder. Wir trafen uns bei
Elfriede um den Küchentisch. Sie hatte
für alle belegte Brote gemacht.
Alle außer Heinz freuten sich. Heinz
wollte etwas Warmes essen.
Elfriede nannte das heutige Treffen:
,*Brainstorming,*' übersetzt: ,*Die beste
Lösung für alle.*'
Jeder durfte Vorschläge bringen und die
wurden dann von Ole aufgeschrieben.
Heinz fing an: „Verkaufen." Alle
schauten wir zu Heinz. Der zuckte mit
den Schultern. „Was anderes weiß ich
nicht."
Else: „Ich weiß noch nicht."
Kathi: „Weitermachen, selbst hinziehen,
da hätten alle Platz."
Ole: „Ich möchte auch gerne dahin, aber
ich bin kein Bauer."
Werner: „Ich würde alles umbauen und
die ,*Glückseligkeit*' zwei darauf bauen.

Dann könnte sich Ole als Architekt selbständig machen und Kathi und Nico hätten Platz."

Elfriede sagte zustimmend: „Dort kannst du dir dein Büro selbst aufbauen, so wie du es willst." Alle nickten zustimmend.

Dann meinte ich: „Es gibt Projekte, wo Alt und Jung zusammenleben.

Das heißt ältere Menschen und Kindergartenkinder. Auch Tiere hätten da ihren Platz. Die Hühner könnten bleiben, die Hunde, die Enten. Und dann kommen noch Hasen, Esel und Ponys dazu."

Heinz, der in der Zwischenzeit aufgestanden war, weil er davon eh nichts verstand, meinte, als er wieder reinkam: „Ich habe mal die Tonne rausgestellt."

„Genau, "sagte jetzt Oma Thiel, ,Sonne.' Das Ganze heißt dann **,Sonnenschein.'**

Heinz wiederholte nochmal, dass er Tonne und nicht Sonne meinte, weil die Biotonne morgen entleert wird.

Dann sagte Else zu Heinz: „Du bist die Wucht, du hast aber auch immer Ideen."

Heinz verstand nur Bahnhof, aber meinte:

„So bin ich eben." Dann holte er sich ein neues Bier aus dem Kühlschrank und genoss das kühle Nass.

Ole überlegte und sagte: „Ich kalkuliere das mal durch. Mal sehen, was uns der ganze Kasten so kostet."

„Auch Nico wird sich freuen, der dann endlich sein Pferd oder Pony bekommen würde, dass er sich so wünscht,"
sagte ich voller Freude.

Ole lachte. Dann meinte Kathi: „Und auch unsere kleine Tochter, die ich noch im Bauch trage, wird unbekümmert aufwachsen. Später möchte sie dann irgendwann vielleicht auch ein Pony."

Ole schaute sie ungläubig an.

„Wie jetzt, willst du doch noch ein Kind?"

„Von wollen kann keine Rede sein, es sitzt schon mit am Tisch. Zwar nur als kleine Nuss, aber es wird," grinste sie über alle Backen.

Heinz fragte Kathi: „Wenn das eine Nuss ist, wie kannst du denn wissen, dass es ein Mädchen wird?"

Kathi antworte: „Mütter spüren das."

Liebevoll nahm Ole, mit Tränen in den Augen,

seine Kathi in die Arme und meinte:
„Damit habe ich wirklich nicht
gerechnet." Dann küsste er sie sehr
liebevoll. Alle klatschten, die Hunde
bellten. Auch Werner hatte Tränen in
den Augen. Denn er wurde nun zum
zweiten Mal Opa, und was für einer!

## Else ist nicht aufzuhalten

Es war viel los bei Oma Thiel, vor allem
aber bei Else. Die war nämlich auf einen
Heiratsschwindler reingefallen.
Allerdings glaubt sie das selbst nicht.
Else meinte zu uns, dass Harald nicht
mit ihr auf Augenhöhe sei, deshalb hätte
das nicht gepasst zwischen ihnen.
Da der Onkel von Ole gestorben war,
war Ole finanziell unabhängig.

Genug, um seinen Traum vom Architektenbüro und sich selbständig machen, zu verwirklichen. Nun war aber erst einmal die Eröffnungsfeier des Altenheims: *,Glückseligkeit'*, dass Werner und Oma Thiel jeweils zur Hälfte gehörte. Ole, der Architekt hatte den ganzen Umbau vorgenommen, damit die Herrschaften größere Räume bekommen. Wohnungen im ersten Stock, oder sogar mit etwas Garten für die ganz rüstigen Rentner, im Erdgeschoss.

Das Jahr ging auf den Herbst zu. Die Bäume veränderten sich in eine Laubfarbe, was zu dieser Jahreszeit immer sehr schön aussah.

Es wurde auch etwas frischer draußen. Der goldene Oktober hatte gleich mehrere Überraschungen.

Da war nicht nur die Eröffnungsfeier, nein, Oma Thiel wurde auch 77 Jahre. Eine Schnapszahl.

Dann wäre sie genauso alt, wie ihr Werner.

*,Wann sollen wir denn eigentlich heiraten?'*, dachte Oma Thiel nach.

*,Wir haben gar keine Termine mehr frei.'*

Else hatte sich verändert, seitdem sie mit Harald, dem Heiratsschwindler zusammen war. Sie fühlte sich jünger und freier als je zuvor. Als Else am Morgen pünktlich um 09:00 Uhr zum Frühstück die Küche betrat, sagte sie mehr im Sing-Sang: „Guten Morgen, guten Morgen, guten Morgen Sonnenschein!"

Heinz war begeistert, seine Else so gut gelaunt vorzutreffen.

Deshalb nutzte er die Gunst der Stunde und fragte: „Was gibt es heute zu Essen, liebe Else?"

„Pfannkuchen," kam wie aus der Pistole geschossen. Heinz überlegte und meinte: „Das ist doch kein Mittagessen, das ist ein Frühstück. Ich meinte, was gibt es zum Mittag heute?", setzte er zum zweiten Anlauf an.

„Immer noch Pfannkuchen, da sind Eier drin Heinz, das steigert deine Potenz!" Damit wurde der Fragerei ein Ende gesetzt. Außerdem habe ich nicht so viel Zeit heute, ich muss zur Fahrstunde!"

Heinz und Oma Thiel schauten beide dumm aus der Wäsche.

„Ja, ihr braucht gar nicht so zu gucken,
ich mache meinen Führerschein."
Heinz meinte: „Aber Else, in deinem
Alter brauchst du doch keinen
Führerschein mehr machen.
Nachdem mein Wagen in der Werkstatt
war, kann ich dich doch wieder fahren,
mein Gott."
„Was soll das denn heißen, in meinem
Alter. Meint ihr, ich bin zu alt, oder
was?"

# *B*rumm, *Brumm*

*,Lass sie alle nur denken, dass ich einen
Führerschein für ein Auto mache, hi, hi.
Wenn die wüssten,' dachte Else.*
Als sie vor ein paar Wochen mit Heinz
im Beiwagen mitgefahren war hatte sie
so viel Spaß, wie lange nicht mehr.

Ihr Fahrlehrer meinte, damit sie das Gleichgewicht besser auspendeln kann, sollte sie sich doch einen Scooter (Elektroroller) holen. Das ist ein Roller mit Motor. Sie bräuchte auch garantiert nicht treten, nur einmal einen kleinen Anschwung nehmen. Dann fährt der Scooter von allein. Es gäbe auch Scooter mit einem Sitz. Aber sie sind ja noch jung und brauchen keinen Sitz. Das würde auch cool aussehen. Da sie Harald das Geld dann doch nicht gegeben hatte, weil er kein Happy End wollte, kaufte sie sich kurzerhand einen Scooter. Bevor sie ihn erwarb, durfte sie beim Fahrradhändler hinten im Hof üben. Else stellte fest, dass es richtig Spaß machte, damit zu fahren. Sie kaufte ihn in Weiß, weil sie ja so jungfräulich aussah. Als sie damit nach Hause fuhr, sah sie Elfriede auf ihrem E-Bike. Sie war auch auf dem Weg nach Hause. Da Else einen weißen Helm trug und man sie nicht auf einem elektronischen Roller vermutete, zog sie kurzerhand an Elfriede mit den Worten vorbei:

„Wir sehen uns zu Hause!" Oma Thiel traute ihre Augen nicht. ‚*War das nicht eben Else?*'

Sie trat in die Pedale, um sie einzuholen, aber nach kurzer Zeit keuchte sie nur noch. Da es nur bergauf ging, ließ sie es sein. Als sie etwas später völlig aus der Puste zu Hause eintraf, sah sie schon vom Weitem Heinz und Else vor dem Roller stehen.

„Da bist du ja endlich Elfriede, schau doch mal, was ich mir gekauft habe." Oma Thiel und auch Heinz waren froh, dass sie mit dem Führerschein nur einen Scooter meinte und kein Auto. Heinz sagte: „Else, du sieht richtig cool aus."

„Der Roller fährt 20 km/h Höchstgeschwindigkeit," meinte sie noch zu ergänzen. „Mich hält der Roller nicht, ich bin zu schwer, leider," bedauerte Heinz. „Kannst du denn das Gleichgewicht halten?", wollte Elfriede wissen. „Ja, ich bin als Kind schon immer mit meinem Holzroller gefahren. Das war mein Ein und Alles. So etwas verlernt man nicht, schau hier." Zur Demonstration schob sie kurzerhand den Roller an und fuhr los.

Sie wollte gerade eine Rechtskurve
fahren, entschied sich aber abzusteigen,
um kurz durch die Kurve zu schieben
und zurückzufahren. „Du siehst, ganz
einfach!", rief sie.
„Warum steigst du in der Kurve ab?",
wollte Elfriede jetzt wissen.
„Die Linkskurven sind mir lieber, bei den
Rechtskurven muss ich noch ein wenig
üben. Ich will mich nicht blamieren."
Das fanden die anderen auch gut.
Der Roller wurde in die Garage gebracht
und Else machte die Pfannkuchen.
Danach zog sie sich auf ihr Zimmer
zurück, um für die Theorie des
Führerscheins zu üben. Als sie keine Lust
mehr hatte, zog sie eine Zeitschrift
hervor.
‚Motorrad' stand darauf.
Else träumte schon von ihrem eigenen
Motorrad Brumm, Brumm.

# lückseligkeit

Die Schwangerschaft von Kathi verlief
super. Keine Komplikationen.
Ole hatte alles durchkalkuliert und sich
tatsächlich dafür entschieden, ein
großes Projekt zu bauen, in dem Jung
und Alt zusammenwohnen konnten.
Sein Onkel Thomas wäre stolz auf ihn.
Jetzt aber war erst einmal die
Neueröffnung des Altenheims
‚Glückseligkeit,‘ dran, die Werner und
Elfriede veranlasst hatten.
Die Bewohner hatten viel mehr Platz
und auch sonst, wurde alles großzügiger
gestaltet.
Es waren viele Gäste geladen und auch
die Presse hatte sich angekündigt. Alle
machten sich schick. Die Herren im
Anzug, ja auch Heinz musste sich in so
etwas zwängen. Die Damen im Kostüm,
außer Else, sie zog einen Hosenanzug
an. Jede Dame holte ihren Schmuck
heraus, der sonst nur in der Schublade
oder in der Schmuckkassette

aufgehoben wurde. Man zeigte, was man so hat.

Werner war besonders aufgeregt. Oma Thiel hatte hektische Flecken am Hals bekommen. Und Else? Ja Else war gar nicht aufgeregt. Sie hielt Ausschau nach Männern, die sie noch nicht kannte. Schon wurde sie von einem angesprochen ……na ja, sagen wir mal ‚Mann.‘ Früher nannte man so etwas: ‚Halbstarke‘ oder ‚Rocker.‘

„Bin ich hier richtig bei der Eröffnung der *Glückseligkeit?*“, fragte er doch sehr vernünftig.

Else drehte sich um ‚*wen er wohl gemeint hat?‘*, dachte Else. Er schaute Else direkt an: „Können sie nicht sprechen, dann nicken sie einfach, wenn ich richtig bin, okay?“, rief er etwas lauter.

„Ich bin ja nicht taub, junger Mann. Wollen sie sich schon mal hier im Heim anmelden, oder was,“ gab Else ganz frech zur Antwort.

„Hola, du bist ja gut drauf,“ lachte er. „Meine Mutter will hier einziehen.

Sie sagt, es ist jetzt so schön geworden. Ich wollte ihr zum Einzug gratulieren." Er zeigte ihr eine Flasche Fürst von Metternich für seine Mutter und ein paar Blumen, die allerdings schon das zeitliche gesegnet hatten. Da er völlig in Leder gekleidet war und ein Stirnband trug, meinte Else: „Das ist sehr anständig von Ihnen, junger Mann. Sind sie mit dem Motorrad da?" „Nee, mit einem Dreirad. Blöde Frage, natürlich. Meine Harley steht da vorn. Die Jungs sind auch gleich hier," meinte er und setzte höflich seine Sonnenbrille ab. Strahlend blaue Augen kamen zum Vorschein, wie bei Terrence Hill. „Darf ich mich dir vorstellen, ich bin Thiemo." „Sehr angenehm, ich heiße Else. Darf ich mir die Maschine mal anschauen?" „Wenn du willst, ist eine Fat - Boy, passend zum Bauch." Er lachte dabei, und klatschte mit der flachen Hand auf seinen Bierbauch. Er war aber nicht unsympathisch.
Seine grauen Haare hatte er zu einem Zopf zusammengebunden.
Da die Presse noch auf sich warten ließ, gingen beide zur Maschine.

„Oh, die ist aber schön, so eine möchte ich auch mal haben."

Thiemo amüsierte sich über die ältere Dame. Er stellte die Maschine aufrecht, damit sie vom Seitenständer war.

„Willst du mal drauf sitzen?"

„Darf ich, oh ja bitte."

Dabei klatsche sie aufgeregt in ihre Hände. Sie setze sich seitlich.

„Nee, komm mal her. So, jetzt mit Schwung." Er hob sie an der Hüfte an und half ihr, auf die Maschine zu kommen. „Großartig, einfach großartig," rief sie entzückt. Dann ließ er die Maschine mit einem Kropfdruck an. Eine Vibration durchzuckte Else.

Sie schrie: „Geil!" Dann wurde das Röhren der Maschine lauter und lauter. So ungefähr acht Harley Fahrer kamen angefahren. Der Boden vibrierte bei so viel Kraft. Alle hielten sie neben Else. Gottseidank hatte sie eine Hose angezogen, sonst hätte das komisch ausgesehen.

„Na Oma," sagte ein anderer Motorradfahrer, „da hast du mal was Anständiges unter dem Hintern was?"

Alle lachten.

Die Presse kam, ‚*endlich,*' dachte
Werner. Heinz suchte Else und ich zeigte
nur mit dem Finger in Elses Richtung.
Heinz meinte: „Danke Conny."
Die von der Presse waren ganz aus dem
Häuschen. „Das ist ja fantastisch. Wenn
sie ihre Maschinen so hinstellen können,
dass wir die Glückseligkeit im
Hintergrund haben, wäre das super."
Else saß auf dem Motorrad, daneben
standen Oma Thiel, Werner, Heinz und
ich. Unzählige ältere Menschen und die
Rocker, die alle die Arme verschränkten.
Es sah ganz so aus, als wenn die Rocker
sagen würden: „Wenn auch nur einem
der Heimbewohnern etwas angetan
wird, bekommt ihr Ärger, und zwar mit
uns."
Die Mutti von Thiemo ist eine resolute
Frau, die nur dort hinwollte, weil sie
eine kleine Wohnung mit Garten
bekommen hat. Sie hieß Reinhild und
freundete sich mit Else an.
Reinhild meinte: „Meine Jungs sagen
alle Mutti zu mir und passen auf mich
auf. Das sind alles liebe Jungs."

Heinz fand das mit dem Motorrad auch gut. Er meinte sogar, dass Else auf so etwas gut aussehen würde. So spritzig.
*„Wenn der wüsste,'* dachte Else.

*J*etzt aber...

Da die Glückseligkeit jetzt eröffnet ist und alles seinen Gang nahm, dachte Oma Thiel:
*„jetzt werde ich mich um unsere Hochzeit kümmern.'*

Sie fing an Einladungskarten zu suchen, die zu ihnen passen würden. Sie kam nicht weiter, deshalb rief sie mich an.
„Hallo Conny, ich finde nicht das Richtige, für die Einladungskarten."
„Oh, hallo Oma Thiel, alles gut überstanden mit dem Heim," gab ich zur Antwort.

„Ja, ich habe andere Sorgen. Ich weiß nicht, was ich für Karten nehmen soll, für die Einladung der Hochzeit."

„Wie sieht es mit Sekt aus, dann komme ich vorbei und wir suchen bei einem Gläschen etwas gemeinsam raus?"

„Okay, bis gleich, freue mich." Ohne weiterzusprechen, legte sie einfach auf. So war sie, meine Oma Thiel.

Als ich ankam, öffnete sie mir schon die Tür, obwohl ich noch nicht geklingelt hatte. Sie sah mich schon aus dem Küchenfenster.

„Hallo Oma Thiel, dann erzähl doch mal." Nachdem wir angestoßen hatten, durchkämmten wir das Internet.

Es war alles zu einfach und zu langweilig. Der Hund Struppi kam mit einem Schuh an, den er völlig zerfleddert hatte. Oma Thiel schimpfte: „Aus, Struppi!"

Doch der Hund dachte gar nicht dran, den Schuh wieder abzugeben. Da hatte ich eine Idee:

„Struppi hat mich auf eine Idee gebracht.

Einen Herrenlackschuh in schwarz und einen hochhackigen Damenschuh in Rot so nebeneinander zu stellen, dass es gut aussieht."

Oma Thiel wusste, dass Werner Lackschuhe hatte. Den Damenschuh bestellte sie im Internet. Nach der Aufnahme sollte er zurückgeschickt werden. Denn darauf könnte Oma Thiel nicht laufen, ich allerdings auch nicht.

„Und was kommt dann als Danksagung?", ging es weiter.

„Ich würde bei dem Motto der Einladung bleiben, nur mit zwei Gummistiefeln, oder Gesundheits - laschen oder Hausschuhen, oder so," sagte ich.

„Conny, du bist die Beste." Daraufhin stießen wir erst einmal wieder an. Unser Verdauungsapparat musste in Bewegung bleiben. Wir lachten, wie zwei Teenies.

„Wie viele sollen denn eingeladen werden?", fragte ich nach."

„Ich weiß nicht, lass mich mal überlegen, da wären Werner und du……"

„Oma Thiel, Werner brauchst du nicht einladen, das ist dein Mann. Der ist sowieso da.

Oder willst du ihm eine Einladung zur eigenen Hochzeit schicken?"

Wir gackerten und tranken auf den Versprecher einen Ramazzotti. „Der geht aufs Haus!" rief sie mir lustig zu.

*‚Es ist so schön, mit Oma Thiel. Sie ist immer so gut drauf. Möge sie noch lange leben,'* dachte ich und goss den Ramazzotti runter.

Elfriede konnte sich gar nicht mehr konzentrieren. Sie zählte Namen auf, die ich noch nie gehört hatte. Sie lallte nur noch. Dann meinte sie: „Wenn ich jetzt meine Steuererklärung machen würde, bekäme ich garantiert zwei Millionen zurück, hi, hi."

Oma Thiel hatte einen Lachanfall. Heinz kam in die Küche und wollte gerade etwas fragen, als er unsere Getränke sah. „Ihr wisst schon, wie spät das ist?", fragte er besorgt.

Oma Thiel meinte: „Möchtest du zu meiner Hochzeit kommen? Du kannst auch jemanden mitbringen, Else vielleicht?"

Wieder spülte sie den Satz mit einem Ramazzotti herunter.

Heinz schüttelte den Kopf, holte sich eine Flasche Bier aus dem Kühlschrank und ein Schnapsglas aus dem Schrank, um noch etwas von dem guten Zeug abzubekommen. Zehn Minuten später kam Else rein. Wir hätten sie beinahe nicht erkannt. Sie hatte eine Lederhose an und ein schwarzes Stirnband schmückte ihren Kopf. Sie trug ein Oberhemd, das ein bisschen weit aufgeknöpft war, darunter nur einen BH mit Spitze, der ihre Brüste nach oben hielt, denn sonst wären sie in der Nähe des Bauchnabels. Ein Nietenarmband rundete das Bild einer Rockerbraut ab. Einer sehr, sehr alten Rockerbraut.

Heinz war hin und weg. Aber auch wir saßen mit geöffneten Mündern da.

Elfriede fragte: „Ist denn schon wieder Karneval?"

„Du siehst nicht aus wie ein Hammer, nein," meinte Heinz, „wie ein ganzer Werkzeugkasten."

Else holte sich ein Bier aus dem Kühlschrank, setzte die Flasche an eine Kante vom Schrank und schlug drauf. Die Flasche war offen, ohne Öffner.

Sie setzte die Flasche an den Hals, wie sonst nur Heinz das tat. Nach einem kleinen Bäuerchen fragte sie: „Gibt es was zu feiern?" Damit setzte sie die Flasche ein zweites Mal an und trank sie, wie ein Kerl. Keiner sagte mehr etwas. Alle starrten sie an.

Mann, war das gestern noch ein Abend, bei Oma Thiel. Ich bin sogar mit dem Taxi nach Hause gefahren.
Else hatte noch aus dem Nähkästchen geplaudert und erzählt, dass sie einen Motorradführerschein machen will und sich dann eine Harley kaufen würde.
Da wir aber alle ein bisschen viel getrunken hatten, nahm sie keiner ernst. Nur Heinz meinte später noch zu Else: „Du siehst rattenscharf aus. Dann sind beide verschwunden. Wir wollten gar nicht wissen, wohin.
Bei den Einladungen kamen wir auf siebzig Leute, da waren aber ihre Kinder nicht dabei, außer Kai und Ulli.

Wir müssen da nochmal drüber reden,
wenn wir nüchtern sind, versprachen
wir uns und dann war ich weg.

Am nächsten Morgen saßen alle drei mit
einem schweren Kopf am Frühstücks -
tisch. Heinz ging es besonders schlecht.
Er hatte noch in seiner Wohnung den
Whisky leergemacht, weil Else allein in
ihr Zimmer gegangen war. Oma Thiel
wollte noch schnell eine
Kopfschmerztablette nehmen, bevor sie
frühstücken würde.

Sie ging ins Bad und stand da. Sie wusste
nicht mehr, was sie wollte. Sie dachte:
‚*Eine der häufigsten Fragen, die ich mir
immer wieder selbst stelle, ist: Was
wollte ich gerade? Wenn mein
Gedächtnis noch ein bisschen schlechter
wäre, könnte ich meine eigene
Überraschungsparty planen.*‘

Sie ging ohne Tablette zurück zum Platz.
Kaum saß sie, hielt sie sich ihren Kopf
und meinte: „Kopfschmerztablette,
Mist." Stand wieder auf und holte sich
eine. Else meinte zu Heinz: „Was steht
denn in der Zeitung," weil er sie neben
seinem Frühstücksbrett aufgebaut
hatte.

Er las das, mit der Eröffnungsfeier der Glückseligkeit. Heinz antwortete: „Hm…" Else weiter: „Lies doch mal vor, Heinz." Heinz wieder: „Hm…"

„Was heißt denn Hm?" Else wurde ungeduldig.

Heinz: „Hm…" „Wenn du noch einmal ,Hm' sagst, schlafe ich mit deinem Dolmetscher!"

Heinz hörte: ,Mit dir schlafen,' und meinte: „Was hast du gesagt, Else?"

Sie knallte mit der flachen Hand auf den Tisch, dass das Geschirr klirrte.

„Nichts, ich habe dich nur gefragt, wann du mit mir schlafen willst, aber da keine Antwort, außer ,Hm' kam, habe ich mir etwas anderes vorgenommen."

„Oh, aber natürlich liebste Else, direkt nach dem Frühstück," kam in freudiger Erwartung von Heinz.

Oma Thiel kaute nicht weiter. Eine Anspannung lag in der Luft. Deshalb meinte sie: „Wollen wir heute Abend im Fernsehen, ,die goldene Mami' Verleihung sehen?"

Jetzt schauten beide zu Elfriede. „Du meinst ,die goldene Bambi Verleihung, nicht Mami,"

meinte Heinz und weiter zu Else gerichtet: "Ich hätte jetzt Zeit Else."
„Sorry, aber mein innerer Buddha ist gerade vom Bobby Car gefallen."
Sie nahm ihr beschmiertes Brötchen und verließ die Küche. Augenblicke später knallte die Haustür zu.
Heinz fragte Elfriede: „Was hat sie denn?" Oma Thiel zuckte mit den Schultern.
Else fuhr mit ihrem neuen Scooter und dachte: ‚Männer denken wahrscheinlich anders als wir Menschen.‘
Else hatte heute ihre erste Fahrstunde mit dem Motorrad, sie freute sich. Für die Theoriestunden übte sie zu Hause, wenn die anderen schliefen und zweimal die Woche mit anderen zusammen im Theorieunterricht. Das waren alles so junge Leute, ab achtzehn Jahren. Es war nichts für Else dabei.
Der Fahrlehrer war aber sehr nett. Herr Müller hieß er. Er stellte mich sogar vor, damit die Junghühner Respekt bekamen.
‚Sehr charmant,‘ dachte Else.
„Hallo Fahrschüler, wir haben hier eine Respektperson,

die nochmal durchstarten will. Else Schmidt macht ihren Motorrad Führerschein, ich bitte um Applaus."
Keiner klatschte. Ein junger Mann fragte: „Wie ist das denn, wenn man älter wird, Oma?" Alle kicherten wie blöd.
Else antwortete: „Junger Mann, das kann ich Ihnen nicht sagen, ich bin das erste Mal alt." Jetzt lachten alle und es kam sogar ein kleiner Applaus.
Als Else das Motorrad sah, auf dem sie gleich zum ersten Mal allein fahren sollte, hatte sie Herzklopfen. Es war eine Honda. Herr Müller erklärte ihr alles.
*‚Wie soll sich das einer merken?'*, dachte sie. Else fragte nochmal nach: „Sie sind sich sicher, dass das Gas und die Bremse auf einer Seite sind? Warum sind die Gänge denn alle mit dem Fuß zu schalten?"
Da die Maschine schon lief und sie ihren Helm aufhatte, verstand sie die Antworten soundso nicht.
Er drückte auf ihren Fuß, als Else schon auf der Maschine saß. Die Gangschaltung ist unten. „Die Kupplung halten!", schrie er.

,*Kupplung, welche Kupplung?'*, dachte Else. Gibt es das Motorrad nicht mit Automatik," versuchte Else noch zu argumentieren, als diese nach vorne schoss und losfuhr. „Ich fahr, ich fahr," schrie sie aufgebracht.

„Kupplung ziehen und den Fuß unter dem kleinen Hebel nach oben ziehen," schrie der Fahrlehrer aus weiter Ferne. Sie fuhr. Das war das Wichtigste für Else. Jetzt kann sie schon mal sagen, dass sie allein mit dem Motorrad gefahren ist. Herr Müller rannte hinterher, um sie aufzufangen, aber das brauchte er gar nicht. Sie wusste von ihrem Scooter, das wenn man das Gas wegnimmt, das Gefährt irgendwann stehen bleibt. Und siehe da, die Honda rollte aus.

Sie ließ die Füße schon vorher hängen, um sie dann aufzustellen. Herr Müller kam völlig aus der Puste auf sie zu. Er war froh, dass sein Motorrad noch heil war. Else fragte: „Und, bestanden?"

„Sehr gut für das erste Mal Frau Schmidt, ich bin begeistert, das wird schon."

Danach fuhr Else schnell mit dem Scooter nach Hause.

Denn heute fängt der Tangotanz mit Heinz an. Der erwartete sie schon ganz aufgeregt.

„Alles wieder gut?", fragte er nach.

Der Morgen war nicht so gut gelaufen für ihn. Aber es kam zurück: „Alles bestens."

Beim Tango waren mehrere ältere Menschen zu sehen.

Deshalb fragte Else gleich den Tanzlehrer:

„Bieten Sie auch Rock n Roll Kurse an?"

Heinz staunte über so viel Energie von Else.

Die wären schon voll, aber im nächsten Jahr kommen wieder neue Kurse.

Die erste Tanzstunde war nur dafür gedacht, dass die Frau den Stier machte und der Mann den Torero.

Die Zwei lachten viel, auch die anderen hatten sichtlich Spaß daran.

Else taten die Füße weh, weil Heinz ihr immer drauftrat. Nicht umgekehrt, wie er mal in seinem Brief schrieb. So viel Spaß, wie Else im Moment hatte, hatte sie lange nicht mehr.

Das Leben ist schön.

## *A*lles eine Frage der Organisation

Oma Thiel machte sich Gedanken über
ihre Hochzeit mit Werner. Womit kann
sie ihn überraschen? Sie weiß es nicht.
Irgendetwas romantisches?
Dann nahm sie die Hundeleine und ging
mit Struppi Gassi, die große Runde. Als
sie unterwegs waren, fing der Hund wie
verrückt an zu bellen und schaute
immer nach oben. In dem Moment
hörte sie ein Geräusch, das wie ein
zischen klang. Sie schaute nach oben
und genau über ihr war ein sehr tief
fliegender Heißluftballon.

Struppi knurrte und Oma Thiel fasste sich ans Herz. Es klopfte wie verrückt. Sie hatte sich erschrocken und hatte nicht damit gerechnet. Aber es sah schön aus. Sie flogen auch nicht so hoch. Ein Pärchen konnte sie sehen, dass sich gerade küsste und ein Gläschen Sekt in den Händen hielt. Und einen anderen Mann, der den Ballon lenkte.

*,Das wäre doch genau das richtige,'* dachte Elfriede.

Die Gassi Runde war zu Ende und schon schaute sie in den Gelben Seiten. Sie rief dort an und informierte sich. Das hatte sie schon mal erledigt.

Einladungskarten, Geschenk. Jetzt fehlt noch das Lokal, Discjockey, Essen und einen Termin beim Standesamt darf sie auch nicht vergessen.

*,Was macht eigentlich Werner, um was kümmert der sich denn?',* überlegte Oma Thiel. Schon rief sie ihn an.

„Hallo mein Liebling, sage mal, um was kümmerst du dich denn für unsere Hochzeit?"

„Hallo Liebling," kam zurück. „Ich möchte mich um die Flitterwochen kümmern."

164

„Aber keine Schiffsreise mehr,"
unterbrach Elfriede ihren Bräutigam.
„Nein, bestimmt nicht. Das wird eine
Überraschung Elfriede."
Wenn Werner eine Überraschung
plante, dann war das keine Runde
Durchzug, wo alle Fenster und Türen
aufgerissen werden. Nein, sondern
etwas Vernünftiges, dessen war sie sich
sicher.

Werner stand im Reisebüro. „Ich
brauche eine Ü-Ei -Reise," sagte er der
netten Dame, die ihn soeben freundlich
begrüßt hatte. „Ü- Reise?"
„Ja eine Überraschungsreise soll es
werden. Angenehm warm, aufregend,
und romantisch soll es auch werden,
eben einzigartig. Außerdem werden es
meine Flitterwochen."
„Oh, gratuliere", kam zurück.
„Nee, nee, die Hochzeit kommt noch,
das dürfte aber das kleinste Problem
werden. Sie sagt bestimmt ja, hat sie ja
sozusagen schon."

Die Frau verstand kein Wort und unterbrach ihn deshalb mit: „In Afrika ist es angenehm warm. Da gibt es die schönsten Sonnenuntergänge für Romantiker. Überraschungen gibt es, wenn sie sich einer Safaritour anschließen. Vielleicht eine Übernachtung im Zelt. Das ist bestimmt aufregend."

Werner war begeistert. Das ist großartig. Was kostet das denn für zwei Personen, sagen wir mal für 14 Tage?"

„Also für vier Personen, für vier Wochen wäre es deutlich günstiger. Vielleicht wollen sie ihre Trauzeugen mitnehmen. Dann hätte ihre Frau auch Abwechslung. Mit Safari…" sie erzählte einfach weiter. Werner hörte gar nicht mehr zu. *Kathi ist schwanger, geht schon mal nicht, außerdem ist Nico noch zu klein. Wer ist eigentlich unser Trauzeuge? Was ist mit Else und Heinz. Wer passt denn auf die Tiere auf,* dachte Werner im Schnell-verfahren.

Dann sagte er, ohne den Preis zu hören: „Ich nehme vier Wochen für vier Personen."

*‚Elfriede hatte im Urlaub ja noch Geburtstag, den will sie bestimmt mit Else und Heinz verbringen,'* dachte Werner. *Hoffentlich funktioniert das zeitlich.*

Die Dame war hoch erfreut und schrieb und suchte. Dann sagte sie: „Mit Prozenten sind das 12.570,00 Euro."

„Bitte?", fragte Werner nochmal nach.

„Sie dürfen nicht vergessen, sie übernachten in erstklassigen Hotels, sie machen alle eine Safaritour, wo sie den Löwen Auge in Auge gegenüberstehen. Ihre Frau wird sie bewundern……"

Das reichte Werner, um ihn zu überzeugen. „Buchen sie von 10.10. – 10.11.2023 Das wird ein unvergesslicher Urlaub, nein, Flitterwochen."

Die noch nettere Frau beglückwünschte ihn mit den Worten: „Sie sind ein ganz toller Mann. Ihre Frau kann froh sein, so einen Mann zu bekommen, Glückwunsch."

Werner war stolz wie Oskar und fuhr nach Hause.

Er versteckte die Unterlagen im Safe,

damit keiner etwas mitbekam.

*

An meinem Klingelton hörte ich schon,
dass es Oma Thiel ist. Ich habe ihr den
Klingelton von Klubbb3 `Du schaffst das
schon´, zugeteilt.
„Hallo Oma Thiel, wie geht es dir,"
eröffnete ich das Gespräch.
„Woher willst du wissen, dass ich das
bin, hatte doch noch gar nichts gesagt."
Ich erklärte ihr kurz, dass sie immer
angekündigt wird, wenn mein Handy
klingelt.
Dann sagte sie: „Möchtest du meine
Trauzeugin werden, bitte sage ja."
„Oh, ich dachte, du nimmst Else, wie
komme ich zu der Ehre?"
„Ich kenne dich doch schon viel länger
als Else und außerdem ist sie im
Moment auf so einem komischen Trip,
ich weiß auch nicht. Sie erzählte mir, sie
hätte Wasser geraucht und dann der
Scooter und die Nietenarmbänder und
die Rocker, ich weiß nicht. Sie hat sich
seit der Sache mit Harald verändert."

Ich meinte: „Gib ihr etwas Zeit. Es ist nicht einfach, mit so etwas klarzukommen. Sei froh, dass sie nicht in Liebeskummer versinkt.
Um auf deine Frage zurückzukommen. Ich wäre sehr gern deine Trauzeugin. Dann wird wenigstens alles glatt gehen. Weißt du denn, wen Werner nimmt?"
„Ja, er möchte gerne einen Mann und er will seinen Sohn Mike fragen. Er möchte ihn gerne bei seiner Hochzeit dabei-haben. Kann ich auch verstehen."
„Wann ist denn der Termin?", fragte ich nach.
„Darum muss ich mich noch kümmern. Ich ruf da gleich mal an."
„Ok, mach das Oma Thiel und bis die Tage dann."
„Ja Tschüss." Aber statt aufzulegen, wählte sie eine Nummer. Ich hörte die Geräusche. Dann sagte sie: „Ist da das Standesamt, ich möchte heiraten……"
„Hallo Oma Thiel, wir müssen erst beide auflegen und dann rufst du das Standesamt an, okay?"
„Wieso bist du noch in Leitung, ich will das Standesamt und nicht dich." Dann legte sie auf. Ich auch.

Beim Standesamt gab man ihr einen Termin. Am 10.10.2023 um 10:00 Uhr. Oma Thiel war begeistert, dass sie noch heiratet, bevor sie 77 Jahre wird.
Sofort rief sie Werner an, und erzählte ihm von dem Termin. Er sagte: „Geht das nicht eher?"
‚Wie süß er doch manchmal war, dachte Elfriede. *Er kann es kaum abwarten, mich zu heiraten.'*
Werner dachte aber mehr daran, dass am 10.10. der Abflug für die Abenteuerreise anstand.
‚*Vielleicht würde das noch gehen,* dachte Werner, *wenn die Koffer schon einen Tag vorher eingecheckt sind. Wir müssen erst um 17:00 Uhr am Flughafen sein, das müsste funktionieren.'*
„Super, dann nehmen wir den Tag. Kann man sich auch gut merken," lachte er. Er erzählte seiner Elfriede, das Mike aus den USA anreisen wird, um ihm an diesem Tag zur Seite zu stehen, um als Trauzeuge zu fungieren. Auch Oma Thiel erzählte Werner, dass sie mich gefragt hatte, und ich ja gesagt habe.

Dann wäre das alles geklärt.

*

Den Junggesellenabschied wollte
unbedingt Else planen und organisieren.
Zumindest für ihre Freundin Elfriede.
Heinz übernahm das auf der anderen
Seite, für Werner.
Da sie nicht als Trauzeugen fungierten,
konnten sie ihnen den Wunsch nicht
abschlagen. Die Ausbeute von Heinz war
sehr mager, was den Junggesellenabschied anging. Er wollte mit Werner
ein Bier trinken gehen. Else meinte, dass
wäre viel zu wenig. Also plante Heinz
neu. Jetzt wollte er mit ihm über die
Reeperbahn gehen und durch die
Herbertstraße laufen und dann das Bier
trinken. Das würde Heinz schließlich
auch gefallen.
Else war da gedanklich schon weiter. Sie
hatte sich mit Reinhild angefreundet.
Jetzt, wo die Glückseligkeit wieder für
Besucher geöffnet war, gab es auch
wieder die Spieleabende. Reinhild war
jetzt immer dabei.

Else tüftelte mit Reinhild etwas aus. Der letzte Tag in Freiheit und so.

*

Die Zeit verging, wie im Flug. Oma Thiel wollte die Ballonfahrt auf alle Fälle direkt nach dem Jawort.

Sie überlegte: ‚*Wenn wir uns um 10:00 Uhr das Jawort geben, sind wir um 12:00 Uhr* mit Sicherheit durch. *Dann kurzer Sektempfang, dann nach Hause, umziehen und auf zur Ballonfahrt. Die Fahrt dorthin dauert nicht so lange. Zwischen 60 und 90 Minuten. Wenn wir dann um 14:00 Uhr mit dem Ballon losfliegen, sind wir um 15:30 Uhr spätestens zurück. Dann nach Hause, neu stylen und ab zur Feier.*

*Oma Thiel hatte ein nettes Lokal gefunden und alle Einladungskarten waren für den 10.10.23 ab 17:00 Uhr ausgestellt.*

*Dann können wir um 18:00 Uhr essen. Der Diskjockey ist bis 01:00 Uhr gebucht.*

*Oh, wird das schön. Das ist alles genau durchorganisiert.*

Elfriedes Träumerei wurde unterbrochen. Das Telefon klingelte und Werner war dran: „Hallo Liebling, ich habe Sehnsucht nach dir und würde dich gerne zum Essen einladen."

Elfriede dachte: ‚*Was liebe ich diesen Mann.*‘

„Ja gerne, wann?"

„Ich habe einen Tisch für 18:00 Uhr reserviert, damit wir nicht so spät essen. Ich würde dich so um 17:30 abholen, passt das?" Oma Thiel dachte, wie genau sie ihn schon kennt.

Deshalb war es gut, dass wir nach der Trauung auch nicht so spät essen'. Sie antworte: „Perfekt wie immer, ich freue mich, bis später." „Ich freue mich auch.", kam noch zurück. Von jeder Seite gab es noch einen Kuss in die Muschel des Hörers.

Als Werner den Hörer einhängte,

grinste er über das ganze Gesicht. *Alles eine Frage, wie man es organisiert. Am 10.10. um 10:00 Uhr ist die Trauung. Das dauert höchsten eine Stunde. Sektempfang, ein bisschen bejubelt werden. Nach Hause fahren, umziehen und ab in den Urlaub. Unser Flieger geht um 17:00 Uhr. Wir haben alle Zeit der Welt. Da könnte ich mich auch noch ein Stündchen hinlegen, aber ich kann auch im Flugzeug schlafen. Der Flug dauert eh lange. Ich hoffe, Else schafft das körperlich. Bei Heinz mache ich mir keine Gedanken, aber Else. Wird vielleicht ihre letzte große Reise sein. Ach, weg mit den scheußlichen Gedanken. Das funktioniert schon alles, muss die Zwei nur noch fragen,'* dachte Werner.

Pünktlich um 17:30 Uhr holte Werner seine Elfriede ab und sie gingen essen. Sie lachten viel und warfen sich immer wieder verliebte Blicke zu. Keiner der Beiden, sprach auch nur annähernd darüber, wie der Tag der Trauung ablaufen sollte. Sie wussten nur den Tag und die Uhrzeit und dass sie glücklich waren.

Beide hatten ihren Tag geplant, nur nicht zusammen.

# *Junggesellenabschied*

## *oder*

# *Altgesellenabschied?*

Der Termin der Hochzeit rückte immer näher. Erst denkt man: *‚Och, das ist noch so weit hin und plötzlich ist der Termin da.‘*
Werner hatte mit Heinz gesprochen und ihn gefragt, ob er Lust hätte mit Else mitzukommen. Sie könnten da auch etwas allein unternehmen. Man braucht nicht vier Wochen aufeinander zu hocken.
Heinz war begeistert. Mit Else in den Urlaub, dann würde er ihr auch beim Sonnenuntergang gestehen,

dass er mehr für sie empfindet als Freundschafft.

Er hatte Else gefragt und Else war hin und weg. Natürlich würde sie mitkommen. Denn eins wusste sie.

Da gab es jede Menge gutaussehende Ranger, zwar etwas dunkler in der Hautfarbe als hier, aber auch besser aussehend. Else hatte den Auftrag, ihren Koffer und den von Elfriedes heimlich zu packen, weil es ja direkt an dem Tag der Hochzeit auf große Reise ging.

Als Elfriede zwei Tage vorher bei ihrem Werner war, packte Else ihre Koffer.

Sie nahm extra einen Tarnanzug mit, für die Safari. Bei Elfriede war sie sich nicht so sicher, deshalb packte sie alles ein, was ihr so in den Händen fiel. Unter anderem:

Einen Bikini,
eine Badekappe mit rosa Blümchen.
Zwei lange Hosen,
zwei kurze Hosen,
zwei Röcke,
zwei Blusen, und noch so einiges mehr.

Heinz war auch schon fertig. Er hatte eine kleine Tasche, wo alles reinpasste, nach seinen Aussagen.

Heinz fuhr mit dem Gepäck zum
Flughafen und traf sich mit Ole, der die
Koffer von Werner hatte. Dabei fragte er
Ole direkt, ob er nicht Lust hätte,
mit Werner den Junggesellenabschied
zu feiern. Er wollte eine Sauftour
machen und über die Reeperbahn
gehen.
Ole sagte zu, mehr um aufzupassen,
dass sie nicht versacken. Es schloss sich
auch noch Marius, der Pfleger aus dem
Heim an. Ernst wollte auch mit, aber
den haben sie nicht mitgenommen. Stell
dir mal vor, Ernst ist in der
Herbertstraße und fragt nach dem Bus.
Geht gar nicht.
Bei Else sah das ganz anders aus. Sie
hatte sich komplett auf diesen Tag
vorbereitet. Sie hatte
T-Shirts anfertigen lassen, die Elfriede
anziehen musste.

### ‚Oma Thiel ist Kult,
### ab morgen nicht mehr…'

„So einen Satz kann sich nur Else
ausdenken. Da weiß doch kein Mensch,
dass sie morgen heiratet.

Sie könnte ebenso morgen sterben",
meinte Elfriede.

Else hatte ein T-Shirt, auf dem stand:

*,Ich bin noch zu haben, greift zu...'*

Da ich auch mitmusste, bekam auch ich
ein T- Shirt mit dem Aufdruck:

*,Sie ist älter, als sie aussieht...'*

Reinhild hatte den Aufdruck:
*,Mutti macht das schon...'*

Auch Kathi war dabei, mit dem
Aufdruck:

*,Wie man sieht, bin ich besetzt...'*

Der dicke Bauch war schon bemerklich
runder geworden.
Oma Thiel wollte kein Spielverderber
sein und machte den Nonsens einfach
mit. Sie bekam noch einen Bauchladen
vor die Brust, aus dem sie Sachen
verkaufen sollte.

Eigentlich waren das: Kondome,
Kondome, und nochmal Kondome, in
allen Farben, und unterschiedlichen
Geschmacksrichtungen.
Elfriede weigerte sich jetzt aber doch
energisch, das zu verkaufen. Kathi und
ich lachten uns schon vorher schlapp.
Sie hatten sich geeinigt, das Else das,
mit dem Verkauf macht.
Else hatte einen Tisch auf der
Reeperbahn reserviert, wo Männer
strippten. Oma Thiel fragte nach, ob sie
auch mit einer Maske den Laden
betreten darf, weil es ihr so peinlich
war.

*

Werner hatte tatsächlich Spaß an dem
Abend und trank auch ziemlich viel. Ole
hatte ihm später immer wieder Wasser
gegeben, damit ihm morgen, auf seiner
Hochzeit, kein Malheur passiert.
Nachdem die Frauen den Laden
verlassen hatten, war Oma Thiel
erleichtert.
Else hatte bei jedem Kleidungsstück, das
von den Männern fiel, laut gerufen: „Ich
will dich.

Ich nehme dich, du oder keiner." Es war sehr peinlich, weil wir die Ältesten waren. Else war davon überzeugt, dass alle nur sie wollten.

Der eine hatte ihr sogar ein Knipsauge zugeworfen.

Ich meinte eher, dass der Mann dachte: „Gucke ich hier richtig, was wollten die Toten hier?"

Aber wir lachten viel und es war ein schöner Abend.

So gegen 02:00 Uhr lagen wir in den Betten. Oma Thiel dachte nur:
*‚Noch einmal schlafen, dann ist morgen.‘*
Auch Werner war mit seinen Jungs so gegen 02:30 Uhr zu Hause. Am schlimmsten fand er die Herbertstraße, weil alle nur Ole etwas zuriefen. Bei ihm sagte eine nur: „Na Opa, willst du nochmal etwas erleben, was?"

Als er im Bett lag dachte Werner: *‚Ich hoffe, Elfriede freut sich über die Flitterwochen.‘* Dann schlief er ein.

# *H*eißluft, vor allem heiß

Oma Thiel erwachte mit einem Lächeln. Als sie nach unten ging, war der Frühstückstisch schon gedeckt. Es war gerade mal 08:00 Uhr. Else und Heinz tuschelten am Frühstückstisch und waren sofort stumm, als Elfriede die Küche betrat.

„Guten Morgen Freiheit," sagte Else gut gelaunt und topfit. ‚Wie macht die das nur. Else sieht frisch aus, Heinz etwas weniger frisch und ich musste mich gleich erst einmal frisch machen,' dachte Elfriede.

„Guten Morgen zusammen. Schön, dass ihr den Frühstückstisch schon gedeckt habt." Heinz schenke Elfriede einen Kaffee ein, und zur Feier des Tages ein Gläschen Sekt.

„Heute gibt es ein strammes Programm. Conny kommt gleich, um mich zu schminken."

Von der Ballonfahrt hatte sie keinem etwas erzählt.

Sie dachte, es soll für Werner eine Überraschung werden und wenn sich Heinz verplappert hätte, wäre das hinfällig geworden.

Nach dem Frühstück ging sie duschen und cremte sich ausgiebig ein. Oma Thiel hatte sich ein Kostüm rausgelegt, in Altrosa. Mit ihrer weißen Spitzenbluse sah sie entzückend aus.

Ich war auch zeitig da. Wir wollten nicht alles unter Zeitdruck machen. Nachdem sie geschminkt war, frisierte ich ihr das Haar noch zu einer Hochsteckfrisur. Oma Thiel sah bezaubernd aus.

*Else hatten einen Hosenanzug an und sogar Heinz hatte einen Anzug angezogen. ‚Er sah richtig gut aus, dachte ich. Else und er würden so gut zusammenpassen.'* Dann wurden wir abgeholt. Wir fuhren bei Heinz mit, der sein Auto vorher gereinigt hatte und Oma Thiel wurde mit einem alten VW-Käfer abgeholt, der richtig schön geschmückt war.

Werner hatte einen Smoking, mit einem weißen Hemd und einer Fliege an. Seine Lackschuhe glänzen im Licht.
Das Wetter war trocken und ab und zu kamen die Sonnenstrahlen durch. Es war nur ein bisschen windig.
Ole hatte Werner mit seinem Lieferwagen abgeholt. Im Auto saßen Kathi und Nico, auch fein gemacht. Mike hatte es zeitlich nicht geschafft zu kommen, weil in seinem Krankenhaus so viel zu tun war. Deshalb ist Ole als Trauzeuge eingesprungen.
Auch er hatte einen Anzug an, sein Jackett spannte etwas über seiner Brust.
Die Männer waren schon da. Es war 09:50 Uhr.
Werner schaute ständig auf seine Uhr. Dann sah er Heinz, Else und mich kommen. Wir mussten erst einmal einen Parkplatz finden. Oma Thiel kam zwei Minuten vor zehn an. Werner hatte Tränen in den Augen. ‚Gott, ist sie schön,‘ dachte er.
Wir gingen alle ins Rathaus.
Es hatten sich einige Leute, die wir kannten, darin schon versammelt.

Wir wurden gebeten, uns noch ein klein wenig zu gedulden.

Um 10:10 Uhr wurden wir dann hereingerufen.

Oma Thiel und Werner Spinner saßen ganz vorn.

Die Standesbeamtin fragte, welcher Name denn nun als Familienname eingetragen werden soll.

Werner gab an: „Spinner."

Elfriede gab an: „Thiel."

Werner meinte: „Liebling, man nimmt immer den Namen von dem Mann an."

Elfriede sagte nur zu Werner: „Spinner, wir heißen ab heute zusammen: Thiel. Oder möchtest du nochmal so eine Verwechslung mit deinem Bruder oder bei der Polizei, weil du Spinner zu ihm gesagt hast, nein. Also wir nehmen den Namen, Thiel an."

Werner nickte ab und konnte sich dem nicht widersetzen. Ich war erleichtert, *weil, wie hätte ich sie nennen sollten: Oma Spinner? Geht gar nicht. So ist es schon gut,' dachte ich.*

Als alles vorbei war, gingen wir nach draußen und standen vor einer Wand.

Na ja, es war eine Wand aus einem Bettlaken.

Elfriede und Werner Thiel mussten mit einer Nagelschere ein großes Herz ausschneiden.

Als sie es geschafft hatten, bemerkten die frisch Verliebten, das noch so viele andere Leute gekommen sind.

Dann standen sie vor Kai und Ulli, die extra von Mallorca rüber geflogen kamen, und wie sollte es auch anders sein, einen Holzbalken mithatten, den Werner und Elfriede durchsägen mussten. Aber es war ein dünnerer Holzbalken. Als sie auch die Hürde geschafft hatten, kam ein Sektempfang. Dann wurde es unruhig und es wurde geflüstert.

Es kam eine Kutsche mit zwei weißen Pferden.

Ein Mann mit Zylinder und Frack verbeugte sich und meinte, als er abgestiegen war: „Hallo Papa, hallo Elfriede, darf ich euch fahren?"

„Mike!", schrie Werner nur, „ich dachte, du kannst nicht!" Mit Freudentränen umarmte er seinen Sohn, den er so lange nicht gesehen hatte.

Oma Thiel wurde das erste Mal heiß, als sie merkte, dass die Zeit verging, wie im Fluge. Sie mussten sich noch umziehen, aber das schafften sie gar nicht mehr. Also nahm sie ihren Zettel und zeigte Mike die Anschrift, wo er hinfahren sollte. Oma Thiel sagte auch mir die Adresse, mit den Worten: „Kommt alle dort hin, da habe ich eine Überraschung für Werner.

Die Kutsche, die mit Blumen geschmückt war, trabte los. Sie kam sich in der Kutsche vor, wie eine Königin. Fremde Leute hatten den Beiden einfach gewunken.

Die Adresse ging rum, wie ein Lauffeuer. Fast alle fuhren zu der Adresse. Keiner wusste, was dort passieren sollte.

Als wir alle so nacheinander dort eintrudelten, sahen wir einen Heißluftballon, sonst nichts. Kathi meinte zu Ole: „Ich hoffe mal nicht, dass sie einen Flug gebucht hat, mit diesem Ballon. Mein Vater ist nicht schwindelfrei. Weißt du noch, das Riesenrad?"

Dann kam die Kutsche. Werner hatte seine Augen verbunden. Elfriede führte ihren Mann zu dem Ballon.
Sie legte den Finger auf ihre Lippen, damit wir nichts sagten.
Dann nahm sie ihm die Augenbinde ab und noch bevor er sich versah, stieg er in den Ballon.
Werner hoffte, dass er nicht so hochflog und nicht so lange. Er schaute auf seine Uhr. Er wollte seiner Frau die Überraschung nicht verderben……
dann hob der Ballon auch schon ab.
Wir hörten Werner noch rufen: „Nicht so hoch bitte, aber der Ballonfahrer lächelte ihn nur an und meinte: „Haben sie keine Jacken mit? Es wird windig hier oben. Er holte zwei Thermojacken und gab sie den Beiden.
Elfriede nahm ihren Werner in den Arm und meinte:
„Alles Gute zur Hochzeit.
Na, damit hattest du nicht gerechnet, was?"
Werner würgte schon, und dachte:

*‚Wieso wird das denn mit einem Mal so windig?'*

# Gekotzt wird später

Ich ging dann mal zum nächsten Ballon und fragte jemanden, wie lange denn so eine Fahrt dauerte?
Der nette Herr meinte: „So ein Flug dauert mindestens 90 Minuten. Wir wollten die Fahrt eigentlich absagen, weil es zu windig wurde, aber die Dame bestand darauf."
Ich bedankte mich und informierte die anderen, dass es noch dauern würde.
Wir können alle nach Hause gehen, denn wir sehen uns ja alle heute Abend.
Dann meldete sich Else und meinte:
„Das wird aber schlecht mit dem Treffen heute Abend.
Werner hat eine kleine Reise geplant.
Der Flug geht in drei Stunden."

„Weiß das Oma Thiel?"

„Nö, das sollte eine Überraschung
werden. Wir fliegen mit in die
Flitterwochen." Sie zeigte auf Heinz und
sich.

Jetzt wusste ich nichts mehr. „Fliegt ihr
nach Malle?", fragte ich nach.

Daraufhin antwortete Heinz: „Nicht
ganz, wir fliegen nach Afrika, oder so."

„AFRIKA!", schrie ich. Was ist mit dem
Gepäck?" Else sagte: „Alles gepackt und
schon am Flughafen." Sie nickte
zufrieden.

Hast du den Koffer etwa gepackt?",
fragte ich Else.

Die meinte: „Alles kein Problem. Ihre
Badekappe ist mit drin."

„Na ja, die Badekappe im Busch darf ja
nicht fehlen, gell?", sagte ich
sarkastisch.

„Wie lange seid ihr denn weg?" Jetzt
wieder Heinz: „Nur vier Wochen."

Ich hielt beide Hände am Kopf. „Wir
durften nix sagen, gab Heinz noch zum
Besten. Ist alles organisiert.

Die Nachbarin nimmt den Jako und
Struppi geht so lange zu Ole auf den
Hof.

Die meisten waren geschockt, genau
wie ich.
*‚Ich hoffe nur, dass Else alles für Oma
Thiel eingepackt hatte,'* dachte ich. Wir
wollten uns gerade auf den Weg
machen, als der Chef des Ganzen auf
uns zu kam und meinte, dass der Ballon
abgetrieben ist und nicht mehr so
zurückkommt. Es ist zu windig
geworden.
Sie müssten irgendwo notlanden. Ich
fragte noch, in welche Richtung, damit
wir sie wenigstens aufgabeln konnten.
Erschrocken durch das Gesagte saßen
Else, Heinz, Kathi, Nico und ich im Auto.
Ole fuhr, oder eben nicht. Stau.

Im Ballon ging gar nichts mehr. Sie
Sekttaufe mit dem Adelstitel, war mit
Schleim übersät. Werner spuckte sich
die Seele aus dem Leib. Es gab nur noch
Spucktüten, statt Freude.
Elfriede hielt den Kopf von Werner, der
immer wieder würgte. Sie meinte:
„Kannst du nicht später kotzen?"

Die Thermojacken waren hilfreich, weil
es so zügig da oben war.
Der nette Mann meinte, dass sie
notlanden müssen.
Werner schaute verstohlen auf seine
Uhr. ‚*Das schaffen wir nie,*‘ dachte er.
Der Herr wollte den Adelstitel verleihen,
aber Werner spuckte schon wieder.

Immer noch Stau. Es ging nichts mehr.
Jetzt stiegen die Leute sogar schon aus,
um zu sehen, warum es nicht weiter
ging.
Else griff zu ihrem Handy und rief
Reinhild an. Sie erklärte ihr die Lage und
erzählte, mit was für einem Auto sie
unterwegs waren.
Dreißig Minuten später knatterten eine
Gruppe Rocker auf der Standspur an
den parkenden Autos vorbei. Man hörte
sie schon von Weitem.
Else stieg aus dem Auto, stellte sich auf
den Standstreifen und winkte wie blöde
den Rockern zu, die direkt auf sie zu
fuhren.

Ein anderer Mann, der die Situation erkannte, dass die leicht verwirrte Frau (Else) gleich überfahren wird, riss sie zur Seite, um sie zu retten.

Else lag am Boden: „Na hören sie mal, sind sie nicht ganz dicht, oder was? Was fällt ihnen ein? Sie nahm ihre Hand und gab dem Retter eine schallende Ohrfeige.

Die Motorräder kamen zum Stehen. Thiemo nahm seinen Helm ab und sprach: „Ich habe sie gefunden," ins Mikrofon. Else war nicht zu übersehen. Er hatte ein Headset auf und telefonierte mit seiner Mutter.

Der Mann stand auf und verschwand in seinem Auto. Dann verriegelte er vorsichtshalber seine Türen.

„Jetzt aber Beeilung junge Frau. Nach kurzem Abklatschen der Leute, saßen Else und Heinz auf zwei der Motorräder und fuhren auf dem Standstreifen weiter.

Else war stolz auf sich.

Dann klopfte sie Thiemo auf die Schulter und sagte: „Wenn du so, in dem Tempo weiterfährst, hat dein Führerschein einen sechsmonatigen Urlaub in Flensburg gewonnen. Er lachte und zeigte nach oben.

Er gab den anderen über sein Headset Bescheid,
den Ballon mit der Fracht gefunden zu haben. Sie fuhren jetzt Richtung Ballon. Der landet auf einer Wiese. Der ist viel zu schnell, gab Thiemo an seine Leute weiter.

Tatsächlich kam der Ballon mit ziemlich viel Schwung zum Stehen, äh, eher liegen. Die zwei purzelten aus dem Korb. Die Hose von Werner war jetzt mit Grünspan dekoriert.

Die Harley donnerten auf den Rasen. Else stieg ab und meinte: „Jetzt aber Beeilung, sonst kommen wir noch zu spät." Dabei zeigte sie Werner, der kreideweiß war, auf die Uhr.

Oma Thiel war sauer, dass die Fahrt so endete. Ihre ganze Überraschung war hin. Thiemo sagte etwas lauter: „Wir können hier noch lange reden und auch noch einen Sekt trinken,
aber ihr müsst spätestens in fünfzehn Minuten am Flughafen sein.

Also rauf mit euch, sonst bekomme ich Ärger mit Mutti!"

Werner schaute seine Frau an und meinte: „Das ist jetzt meine Überraschung für dich, unsere Flitterwochen."

Verwirrt schaute Elfriede ihren Werner an und fragte: „Jetzt? Was ist mit der Party und ich habe doch in ein paar Tagen Geburtstag, außerdem muss ich mich erst umziehen."

Ein Rocker nahm sie sanft zur Seite, und meinte: „Kannst du das nicht später klären, wir müssen los."

Jetzt fuhren alle Rocker mit ‚*Personal*' hinten drauf, Richtung Flughafen.

Im Flugzeug herrschte Unruhe, weil einige Passagiere fehlten. Genau genommen vier.

Die sind schon das zweite Mal aufgerufen worden. Else holte alle Pässe raus und dann im Laufschritt ins Flugzeug.

Die Leute applaudierten als endlich auch die restlichen Passagiere eintrafen. Else verstand das anders und verbeugte sich. Sie lächelte den Leuten wie ein Filmstar zu.

Als die Maschine abhob, fragte Oma
Thiel, wo es denn eigentlich hingeht.

 -------------Afrika------------

## osa Tarnung

Die Augen von Oma Thiel füllten sich mit
Tränen.
Sie wollte doch die Feier.
Alles hatte sie organisiert. Sogar Kai war
extra von Mallorca gekommen. Mike
aus den USA. Jetzt sitzt sie im Flieger,
mit Ziel Afrika. Was soll sie denn in
Afrika. *,Dann kommen auch noch Else
und Heinz mit. Sie hätte schon gut eine
Erholung ohne die Zwei gebrauchen
können. Das sollen Flitterwochen sein.
Irgendwo in der Pampa in einer
Buschhütte vielleicht noch?'*
Ihre Gedanken wurden vom
Bordpersonal unterbrochen. „Möchten
sie irgendetwas trinken?"
„Ja bitte, bringen sie mir zwei Liter Sekt,
ich muss einiges runterspülen."

Die Stewardess lächelte und gab ihr
einen Piccolo- Sekt.
Werner war traurig, dass Elfriede sich
nicht freute. Er hatte so viel Geld
bezahlt und jetzt das. Else war noch
kaputt und schlief selig. Heinz nahm
verstohlen ihre Hand und schlief auch
ein.
Werner war richtig kaputt und träumte
von der Ballonfahrt. Alpträume.
Oma Thiel war hellwach und trank sich
einen nach dem anderen. Schließlich
musste sie jetzt vierzehn Stunden
durchhalten. Während andere schliefen,
plante Oma Thiel, wie sie es schaffen
konnte, dass ich wenigstens
nachkommen kann.

Es gab zwischendurch etwas zu essen
und wieder wurde geschlafen.
Eine Durchsage des Kapitäns weckte alle
auf:
„Meine Damen und Herren, wir landen
gleich in Kapstadt. Wetter ist gute 32
Grad warm, also sehr angenehm.

Die Crew und ich wünschen ihnen einen
angenehmen Aufenthalt.
Da wir nicht in Malle landeten, klatsche
auch keiner.
Wir bewegten uns alle, wie alte
Menschen. Nach 14 Stunden Flug
bräuchten alle einen Rollator.
Man hätte es nicht für möglich gehalten,
auch die Koffer hatten ihre Besitzer
gefunden.
Oma Thiel wusste nicht, wo es langgeht.
Sie wurden mit einem klimatisierten
Shuttlebus abgeholt und landeten in
einem fünf Sterne Hotel.
Mit allem hatte sie gerechnet, aber
nicht damit. Oma Thiel und Werner
hatten eine Hochzeitsuite, ein Traum.
Aber auch Else und Heinz hatten ein
riesiges Zimmer, mit einem
französischen Bett, was Heinz freute,
aber Else nicht.
Oma Thiel öffnete den Koffer, den Else
für sie gepackt hatte und meinte
Augenblicke später:
„Wir müssen shoppen gehen Werner.
Ich kann schlecht mit einem Bikini,
in den ich vor 20 Jahren mal reinpasste
und einer Badekappe mit Blümchen

durch Kapstadt laufen." Werner war nur
froh, dass sich Elfriede wieder
eingekriegt hat und jetzt etwas
freundlicher war.

Die Feier verlief ohne die Beiden nicht
so gut. Ich war etwas enttäuscht, dass
Oma Thiel jetzt vier Wochen weg sein
soll. Mike war sauer,
weil er extra angereist war, für 30
Minuten Kutsche fahren. Kai und Ulli
fanden, dass wir vier doch einfach
hinterher fliegen sollten. Wir tranken
ordentlich einen, dann war es eine
beschlossene Sache.
Den anderen erzählten wir
vorsichtshalber nichts davon.
Wir mussten nur rausbekommen,
welches Reisebüro Werner gewählt
hatte, dann wüssten wir auch die Tour
von den anderen vieren.

In der Hochzeitsnacht haben sich Elfriede und Werner wieder versöhnt. Bei Else und Heinz war das nicht so einfach. Es gab nur ein großes Bett im Zimmer.

Deshalb fragte Else: „Wo schläfst du denn in Zukunft?"

Else ging davon aus, dass das jetzt für vier Wochen ihre Unterkunft sei. Heinz meinte: „Na hier neben dir, ich fass dich auch nicht an, wenn du mich auch in Ruhe lässt." ‚So, dachte Heinz, *das wird sie nicht so einfach schlucken und sich gleich aufregen.*‘ Aber Else meinte nur: „Okay."

Dann gingen sie ins Bett, drehten sich Rücken an Rücken und Else schlief augenblicklich ein.

Heinz nicht. Er ärgerte sich über sich selbst und dachte: „Ich muss meine Viagra besser einteilen. Es ist keinem geholfen, wenn ich die Dinger für nichts schlucke. Das einzig gute ist, jetzt kann er nicht mehr aus dem Bett fallen, weil sein ‚*Ständer*‘ ausgefahren war.

Am nächsten Morgen hatte er immer noch eine Latte, eine Morgenlatte.

‚*Mist,*' dachte er. Die Seite von Else war leer. Sie kam gerade aus der Dusche und schmiss sich aufs Bett, genauer gesagt auf die ‚*LATTE.*' Heinz krümmte sich vor Schmerzen und drehte sich zur Seite.
Die Decke war dazwischen, sonst hätte das böse ausgesehen.
„Aufstehen, du Schlafmütze," rief sie voller Elan.
‚*woher nimmt sie nur die ganze Kraft, so fit zu sein, ich glaube 80 ist das neue 40,*' überlegte Heinz.
Else zog sich etwas an und meinte:
„Ich gehe schon mal runter zum Frühstück. Wir sehen uns unten." Ohne eine Antwort abzuwarten, verschwand sie. Heinz kroch aus dem Bett und stellte das Wasser in der Dusche auf kalt. Jetzt wurde es besser.
Else fuhr mit dem Fahrstuhl nach unten und suchte den Frühstückssaal. Ein dunkelhäutiger Mann kam ihr entgegen. So etwas dunkles hatte sie noch nie gesehen. Das einzig weiße an ihm waren seine Augen und seine Zähne.
Sie war fasziniert, von so viel Schönheit.

Er erklärte ihr auf Englisch, wo sie hinmusste. Sie starrte diesen Mann nur an.

Er merkte, dass sie nichts verstand. Er bot seinen Arm, zum Einhaken an und begleitete Else zum Frühstücksraum. Werner und Elfriede saßen schon am Tisch. Er begleitete sie zu ihren Freunden. Oma Thiel meinte nur, als er sich verabschiedet hatte: „Wie machst du das immer nur?"

„Wieso, was mache ich denn?", fragte sie nach.

„Wo ist Heinz?", fragte jetzt Werner.

„Der kommt gleich."

Else beugte sich zu Elfriede und flüstert ihr leise ins Ohr: „Die sind hier alle so dunkel, die brauchen gar nicht mehr in die Sonne gehen, sieht das nicht großartig aus?" Oma Thiel schaute sie verwirrt an.

„Else, wir sind in Afrika, da gibt es nur dunkelhäutige Menschen. Und Sonne haben die hier immer."

„Ach so," kam zurück.

„Heinz kam auch endlich mal zum Frühstück.

Als er den Tisch erreichte, fragte er:

„Was steht heute an?" „Erst einmal nur ausruhen heute, von den ganzen Strapazen. Morgen wollen wir zum Kap der guten Hoffnung. Kommt ihr mit?", fragte Werner in die Runde. Alle nickten. Dann fragte Else: „Warum heißt es denn Kap der guten Hoffnung, darf man sich da was wünschen?"
Heinz antwortete: „Nein, du Dummerchen. Im Jahr 1455 bis 1495 hat der Entdecker wohl den portugiesischen König Johann den zweiten..."
Alle anderen standen auf und verließen den Tisch.
„Was ist denn los?", rief Heinz noch, aber dann saß er allein.
Gedankenverloren schob sich Heinz sein ganzes Ei in den Mund.
,Kunstbanausen,' dachte er.
Am heutigen Tag hatten alle entspannt, oh wie schön.
Als Werner gegen Abend seine Zimmerkarte holte, übergab man ihm ein Telegramm:

Hallo Papa,
STOP
Wir kommen zu Elfriedes Geburtstag,

STOP
Soll eine Überraschung werden,
STOP
Conny, Kai, Ulli und ich,
STOP
Top secret, STOP.
Bis bald, STOP.
Dein Sohn, Mike

Sofort ließ er das Telegramm verschwinden, und zwar im Müll. Er freute sich, aber Elfriede ist zu neugierig und dann wäre es ja keine Überraschung mehr.
Die nächsten zwei Tage gingen schnell um. Morgen würden wir unser Quartier verlassen und nur mit dem Nötigsten auf eine Safari – Tour gehen.

\*

Ich freute mich, mit Kai und Ulli zu fliegen. Auch fand ich Mike supernett. Wir haben alles ausfindig gemacht und das Hotel gefunden, wo die vier untergebracht waren.

203

Die Party, ohne das Brautpaar war ein Desaster. Die Kinder von Oma Thiel haben nur gelästert.
Sie hatten sich schon Unmengen an Essen eingepackt, bevor das Büffet eröffnet wurde. Ganz grausam. Aber jetzt wird erst einmal Freude ausgestrahlt. Ich fliege mit den Jungs nach Afrika und Oma Thiel ist völlig ahnungslos. In drei Tagen wird Oma Thiel 77 Jahre, eine Schnapszahl. Ich freue mich so und fing schon mal an zu packen.

Else musste ihren Rollkoffer wieder zurückbringen und sich einen Rucksack leihen.
Die anderen hatten wenig Gepäck, worum gebeten wurde. Elses Rucksack war dann auch noch prall gefüllt.
Wir sollten morgen in eine andere Unterkunft gebracht werden.

Für heute Nacht hatte Werner eine
Übernachtung im Zelt geplant. Hat alles
die Frau im Reisebüro gemacht.
Sie fuhren mit einem großen
Geländewagen.
Else rief: „Ich muss mal, können wir hier
Halt machen?"
Ein Ranger war nicht begeistert, aber er
winkte Else raus. Er selbst blieb mit
einem Gewehr in ausreichendem
Abstand. Else nahm ihren Rucksack mit.
Der Ranger wurde unruhig, weil sich
hier, ganz in der Nähe, Löwen befanden.
Else war fertig und kam aus dem
Gebüsch:
Sie hatte sich einen Tarnanzug
angezogen. In ‚*ROSA.*' Der Ranger
schaute sie an, als wenn sie vom Mars
käme. Er hatte auch einen Tarnanzug
an, aber Oliv, damit die Tiere nicht
aufschreckten.
Ein Löwe kam jetzt genau auf sie zu.
Oma Thiel meinte zu den Männern:
„Was hat Else denn da an, davon
bekommt man ja Augenkrebs und schau
mal, Löwen."

Der Ranger am Lenkrad drehte sich um und legte den Zeigefinger auf die Lippen. Absolute Stille.

Der andere Ranger zeigte mit der Hand in Richtung Else, sie solle stehen und ruhig bleiben.

Aber Else dachte gar nicht daran. Jetzt, wo schon mal Löwen da sind, rief sie: „Miez, Miez, Miez, ja was haben wir denn da, ein kleines Miezekätzchen, ja fein bist du." Sie sprach mit dem Löwen, als wären es Katzenwelpen.

Der Löwe hatte die zwei schon lange entdeckt. Der Ranger zischte: „Pssst."

Else ging an dem Ranger vorbei, direkt auf den Löwen zu. Der dachte, Else wird sich umbringen.

Heinz sagte voller Panik: „Er wird sie gleich verspeisen, warum ist Else so?" Ein Wimmern war in seiner Stimme zu hören.

Keiner atmete mehr, nur Else streckte ihre Hand aus.

Der Löwe muss gedacht haben: ‚*Was ist das für ein Wesen?'* Er riss jetzt das Maul weit auf, um seinem Gegenüber zu zeigen, wer hier der König ist.

„Ja feine Beißerchen hast du da, hm."

Dann rief Heinz: „Hey Löwe, lass die Frau in Ruhe, die gehört mir." Aber auch für ihn wurde gesorgt. Es kamen noch ein paar andere Löwen auf das Auto zu. Jetzt nahm der Ranger sein Gewehr und schoss zweimal in die Luft.

Dazu schrien beide etwas Lautes. Die Löwen zogen sich zurück.

Die Ranger schwitzten, Heinz auch, Elfriede und Werner soundso, nur Else fragte: „Was habt ihr denn für Angst? Die tun doch nichts. Im Zoo sind die auch immer so lieb."

Oma Thiel verdrehte die Augen und meinte: „Wo hast du denn den schrecklichen Tarnanzug her?"

„Der wurde extra für mich angefertigt. Schick was? Der letzte Schrei aus Paris."

Jetzt verdrehten alle die Augen.

Sie fuhren weiter. Es gab Zebras und Antilopen. Bei den Elefanten hielten sie Else fest, weil sie mal so gerne einen Rüssel anfassen wollte.

Elfriede meinte zu Else:

„Du hast viel von so einem Elefanten: Die großen Ohren, die gut zuhören, wenn man dir sagt, sei leise. (Das war ironisch)

Das dicke Fell, weil alles an dir abprallt, und die vielen Falten, die habt ihr Beide." Oma Thiel lachte sich kaputt. Werner lachte auch, nur Heinz schluckte es runter, als er den Blick von Else sah. Dann waren sie an einem Zeltlager angekommen. Das Lager war eingezäunt, damit keine Elefantenherde da durch trampeln konnte.
Dieses Mal hatten Heinz und Else getrennte Zelte, was Else gut fand, Heinz nicht so.
Am Abend gab es ein Lagerfeuer und den schönsten Sonnenuntergang, den man sich nur erträumen konnte. Werner hielt die Hand von Elfriede und küsste sie.
Beide waren überglücklich. Dann hörten sie Pferdegetrampel von Reitern
Die Reiter blieben am Zaun stehen und unterhielten sich mit den Rangern. Dann ritten sie weiter.
Die Ranger stellten sofort zusätzliche Wachen auf. Dann gingen alle schlafen.
Mitten in der Nacht gab es einen riesigen Krach, mit viel Geschreie. Alles sprach durcheinander.

Elfriede schlief und Werner stand auf,
um nachzuschauen.

Er sah Heinz auf der anderen Seite. Er
ging zu ihm rüber.

„Was ist los?", fragte Werner. „Ich weiß
nicht so recht, es sollen wohl zwei
Löwen am Lager sein."

„Dann hoffe ich mal, dass die Löwen
nicht bei Else im Bett sind.

Zuzutrauen wäre es ihr." Die Männer
lachten.

Die Reiter auf den Pferden kamen
zurück. Der eine blieb genau vor den
Männern stehen. Das Pferd sah schöner
aus als die anderen. Das Pferd drehte
sich nochmal, wieder blieb es stehen,
bis eine Stimme sagte: „Werner, bist du
das?"

Werner war verwirrt. „Ja, woher kennen
wir uns?", fragte er nach.

Dann nahm sie den Helm ab und ihr
blondes Haar fiel über ihre Schultern.

### „Victoria"

„Vicky, was machst du denn hier?"
Heinz schaute zwischen den Beiden hin
und her, dann zu Werner:

„Woher kennst du so eine rassige gutaussehende Frau?"

„Weil das meine Frau ist, nein war. Vicky ist meine Exfrau."

Vicky stieg kurz vom Pferd und meinte: „Du siehst gut aus Werner." Sie sagte das mit einer sanften Stimme, so wie früher.

„ÄH, ich Ähm, ich, nun wir machen eine Safari-Tour."

„Gestatten Heinz," salutierte Heinz neben Werner.

Dann sagte sie noch: „Bleibt unbedingt im Zelt. Hier laufen Löwen rum die ihre Kleinen beschützen wollen. Nicht rausgehen, nicht einmal zum Pinkeln."

Dann stieg sie wieder aufs Pferd und meinte: „Hat mich sehr gefreut." Sie ritt in die schwarze Nacht.

Werner schaute ihr verträumt hinterher, während Heinz ihm auf die Schulter klopfte und meinte: „Werner, du Schwerenöter."

Werner meinte noch: „Kein Wort zu den Frauen, dann habe ich doch bloß wieder Ärger."

Das verstand sich doch von selbst, so unter Männern.

Zu Hause lief alles auf Hochtouren. Ich besorgte Deko für Oma Thiels 77 Geburtstag und versuchte nur das Nötigste mitzunehmen.

Was als Frau gar nicht so leicht war. Die Männer hatten es etwas einfacher.

Jeder nahm einen mittleren Rollkoffer und fertig. Mein Koffer war riesig. Ich konnte mich nicht entscheiden.

Die Flüge waren gebucht und heute Abend wollen wir die Koffer einchecken, weil es morgen früh los ging. Was wird Oma Thiel sich freuen, wenn ihre Lieben alle da sind.

Ich freue mich schon auf ihr Gesicht.

Werner hat in der Nacht kein Auge zugemacht. Er dachte nach: ‚Erstens hatte er Angst vor den Löwen, man weiß ja nie. Zweitens stellte er sich die Frage, warum seine Exfrau Vicky hier war.

Ob sie noch mit dem Afrikaner zusammen war? Was ist, wenn da noch Gefühle sind. Vielleicht war sie seinetwegen da.

211

*Warum habe ich Elfriede verschwiegen?'*
Unruhig schlief Werner irgendwann
gegen Morgengrauen ein.

Am nächsten Morgen wurden Werner
und Elfriede von lauten Schreien
geweckt. Werner sprang aus dem Bett,
nachdem er Elfriede neben sich gesehen
hatte. *,Vielleicht war Vicky in Gefahr?',*
dachte Werner.

Die Ranger waren sauer, aber so richtig.
Else hatte sich aus dem Camp
geschlichen und ist Mutterseelenallein
zum Fluss gegangen, um zu baden.
Außerdem wollte sie ihre Zähne
reinigen.

Als sie so im Wasser planschte, hatte sie
sich von den Tieren, die ein bisschen zu
ihr rüber schauten, aber dennoch etwas
tranken, nicht abschrecken lassen.

Sie winkte den Tieren sogar zu und
unterhielt sich lautstark mit ihnen.

„Das ist so schön hier, man füllt sich so
frei.", erklärte sie den Tieren.

Die tranken unsicher weiter. Es waren
Zebras. Dann sah Else jemanden am
Rand völlig aufgeregt winken. Mit
beiden Händen. Sie dachte noch:

‚Komisch, bei uns winkt man mit einer Hand, aber wenn die Sitten hier anders sind, winke ich auch mit beiden Händen zurück.‘

Ein Zweiter und auch ein Dritter taten es dem Ersten gleich.

‚Wie freundlich die hier doch alle sind. Die haben jetzt aber die Zebras verscheucht, durch ihr rudern mit ihren Händen.‘

Einer zog sich sogar aus, sprang beherzt ins Wasser und schwamm in Elses Richtung. Sie dachte: ‚Jetzt kommt einer hierher und ich schwimme doch nackt‘

Also schwamm sie jetzt weg von dem Ranger.

Der schrie immerzu in ihre Richtung. Dann hatte er sie. Er schnappte sich Else und zog sie mit Gewalt Richtung Ufer.

Er zeigte auf das Wasser. Jetzt erschrak Else doch. Ein Krokodil kam auf sie zu geschwommen.

„Oh, was machen denn Krokodile hier im Badesee?", fragte sie ein wenig aus der Puste.

Dann ein Schuss. Ein Ranger vom Ufer schoss auf das Tier. Sie kamen ohne Schaden aus dem Wasser.

213

Sie raffte ihren rosa Tarnanzug und lief nackt in Richtung Camp.

Elfriede sah Else kommen und meinte zu Werner und Heinz,
die neben ihr standen: „Was hat sie denn jetzt schon wieder angestellt? Und wieso läuft sie hier nackig durch den Dschungel, so warm war es ja nun auch nicht."

Es sah schon ein bisschen komisch aus. Else nackt mit rosa Tarnanzug über ihren Armen, gefolgt von drei pöbelnden Rangern. Das Bild war für die Götter.

Als ein Ranger Werner die Lage auf Englisch erklärt hatte, schimpfte er mit Else, wie verantwortungslos sie doch sei. Heinz mischte sich ein und nahm Else in Schutz.

Ein warnender Blick von Heinz in Werners Richtung sagte: ‚Sei endlich still, sonst erzähle ich Elfriede, dass deine Ex hier ist.'

Als sich alles beruhigt hatte, ging nach dem Frühstück die Safaritour weiter.

Eine Nashornherde konnten sie von nah sehen.

Else meinte: „Oh, guck mal, die haben nur einen Zahn, aber einen dicken. Darf man die mal streicheln?"

Alle schauten sie böse an. Else sagte erst einmal nichts mehr.

Werner hielt mehr Ausschau nach Reitern, aber er fand nichts. Er fragte einen Ranger nach den Reitern. Der meinte, die kommen nur, wenn Gefahr ist, auch nachts, sonst sind sie nicht da. Ein Schwarzafrikaner lächelte Else an. Else lächelte zurück.

Das sah Oma Thiel und meinte: „Else, hast du nichts aus deiner letzten Beziehung gelernt?"

„Wieso, das ist doch schon vier Wochen her," entgegnete sie Elfriede.

„Ja, dass du überhaupt noch aufrecht gehen kannst, nach so einer langen Zeit, ohne Beziehung," stichelte Elfriede ihre Freundin.

Der nette Schwarzafrikaner meinte etwas auf Englisch zu ihr.

Else verstand aber nichts.

„Kannst du kein Deutsch reden, ich nix Afrika," sagte sie zu ihm.

Werner übersetzte und meinte zu Else:
„Er sagte, dass er 200 Leute unter sich
hat und dass er stolz darauf ist."
Daraufhin Else: „Wieso, ist er
Friedhofsgärtner?"
Das ließ Werner unkommentiert, und
hob nur den Daumen Richtung Mann,
was aussagen sollte: Super!
Der Schwarzafrikaner lächelte jetzt noch
breiter als vorher.
Dann setzte sich Heinz um. Er wollte
neben Else sitzen, weil Werner so ruhig
war.
Heinz wischte Else energisch durchs
Gesicht.
„Was machst du denn da, Heinz. Du
kannst mir doch keine klatschen. Nimm
deine Hände aus meinem Gesicht!"
„Ich dachte, du hast einen Käfer im
Gesicht, aber das ist nur ein Altersfleck,
Entschuldigung."
Else rutschte von Heinz weg, zu Elfriede.
„Ich muss noch mal," gab sie Elfriede
Bescheid.
„Ich auch, wir machen gleich da vorne
eine kurze Rast."
Die Pause wurde eingelegt, damit die
Leute auf die Toilette gehen konnten.

Als sie ihr Geschäft gemacht hatten,
traten Werner und Elfriede ins Freie.
Werner meinte: „Du Elfriede……"

………Nichts…….

Elfriede wartete und meinte: „Beendest
du den Satz noch in diesem Jahr, oder
möchtest du das aufs nächste Jahr
verschieben?"
Dabei schaute sie ihn an.
Immer noch nichts. Was ist los. Sie sah
in die Richtung, in die Werner schaute.
Ein Leopard stand in zwei Metern
Entfernung und schaute ihn an. Er
fixierte ihn. Elfriede blieb jetzt genauso
angewurzelt stehen.
Dann ein Schuss, das Tier war
aufgeschreckt und verschwand schnell
in die Büsche. Der Schuss wurde nur in
die Luft abgegeben.
Eine Frau in Uniform kam auf die Beiden
zu.
Sie setzte ihren Helm ab, und gab
Elfriede die Hand.
„Guten Tag," sagte sie. „Sie müssen ein
bisschen vorsichtiger sein. Sie sind hier
im Dschungel."

Werner stammelte.

„Gestatten Thiel," sagte Elfriede zu der durchaus netten Frau.

Als die Frau Werners Blick sah, meinte sie:

„Hier im Busch sagen alle ‚Yaaba‘ zu mir. Weil ich an einem Donnerstag hier anfing. Die Namen werden nach Wochentagen vergeben. Das ist hier im Busch so Sitte. Ich leite mit meinem Mann ‚Yaw‘ eine Ranch.

Erst jetzt streckt Werner ihr die Hand hin und meinte: „Angenehm, Thiel."

Die Augen von Vicky signalisierten:

*‚Du hast alles richtig gemacht. Auch ich habe mein Glück gefunden. Schön,* dass *auch du wieder glücklich bist.‘*

Dann setzte sie den Helm wieder auf und ging zu ihrem Pferd, stieg auf, gab ein Zeichen zu den vier anderen Reitern und verschwand.

# 77 *Jahre*

Endlich sind wir alle in Kapstadt. Was für
eine Stadt. Atemberaubend.
Wir sind mit dem Shuttlebus in das
Hotel gefahren.
Die Safaritour sollte heute Abend
enden. Also hatten wir noch ein wenig
Zeit alles vorzubereiten.
Oma Thiel wusste von nichts. Das wird
eine Überraschung, sage ich euch. Wir
schmückten ihre Hochzeitssuite mit
Girlanden, Luftballons, Luftschlangen
und Konfetti.
Eine große 77 schmückte den Raum. Wir
hatten alle geduscht und unsere Zimmer
bezogen.
Es war für heute Abend Champagner
und Essen bestellt.
Der Page wollte uns ein Zeichen geben,
wenn die anderen angekommen sind.

Gott, was waren sie kaputt.
Sie wollten nur noch duschen, Essen und ins Bett fallen.
Den Geburtstag von Oma Thiel hatten alle vergessen, sogar Oma Thiel selbst.
Werner dachte gar nicht mehr daran, dass die andern ja auch anreisen wollten.
Seine Gedanken waren noch auf der Safaritour und ein bisschen bei Vicky.
Else meinte: „Ich werde meine Dusche in den nächsten 30 Minuten nicht verlassen.
Als sie die Lobby betraten, hielt der Hotelpage sie auf. Er bedauerte sehr, dass die Duschen in Elses und Heinz Zimmer nicht funktionieren. Nachdem sie zwei zusätzliche Handtücher bekommen haben, beschlossen sie bei Werner und Elfriede zu duschen. Müde gingen alle in die Suite.
Als Werner aufschloss und bemerkte, dass es dunkel war, wollte er gerade den Lichtschalter suchen, um Licht zu machen. Doch da riefen wir alle:

*„Überraschung"*

Was ist denn hier los. In dem Moment
realisierte Oma Thiel, dass sie ihren
Geburtstag vergessen hatte, einfach so.
Ein Getöse und Musik mit Happy
Birthday erklang.
Alle sangen mit.
Else, Heinz und vor allem Werner war es
sehr unangenehm,
dass sie den Geburtstag schlicht
vergessen hatten.
Die Freude auf Elfriedes Seite war
allerdings riesengroß.
Mike meinte dann zu seinem Vater:
„Danke, dass du nichts verraten hast."
Elfriede gab Werner einen kleinen
Ellenbogenstoß mit der Bemerkung: „Du
bist mir ja einer." Dann gab sie ihm
einen Kuss.
Heinz holte den Champagner aus dem
Eiskübel, mit der Bemerkung: „Jetzt
stoßen wir erst einmal alle auf Elfriede
an." Dabei nahm er die Flasche und
schüttelte sie.
Werner fragte ihn: „Warum schüttelst
du denn den teuren Champagner?
Wenn du die Flasche öffnest, ist ja die
Hälfte rausgespritzt."

Heinz schaute verwirrt und antwortete:
„Wieso, das mache ich zu Hause mit meiner Ketchup Flasche auch immer."
Dann flog der Korken auch schon raus und der schöne Champagner spritze heraus.
Alle hielten ihre Gläser schnell darunter, um überhaupt noch etwas abzubekommen.
Alle lachten und waren glücklich.
Am glücklichsten war Oma Thiel, denn sie hatte ihre Freunde und wichtigen Familienmitglieder hier bei sich, zum 77 Geburtstag. Prost alle zusammen!"

# *Ende*